U0136420

30 小時 快速學習

職場日本語

しょく　ば　に　ほん　ご

宮崎道子・郷司幸子　著

大新書局　印行

はじめに

本書は、仕事上のコミュニケーションを日本語で行いたいと考えるビジネスパーソンや、将来日本で仕事に就きたいと考えている初級終了レベルの学習者に向けたテキストです。社内外で遭遇するビジネスの場面において、よい人間関係を築き、スムーズに業務を行えるようにすることを目的としています。

本書の特色

①学習時間は約 30 時間

短期間で日本でのビジネスに必要な基本的なこと（敬語表現、ビジネスマナーなど）を身につけることができます。

②機能別の課構成

全課、機能別に構成されており、各ビジネス場面に応じて使える日本語の習得を目指します。各課では核となる機能表現を含む短い談話を練習し、会話へとふくらませます。学習者が必要とする課だけ取り出して学習することも可能です。

③豊富なイラスト

多くのイラストが学習者の理解を助けます。また、言葉を具体的な場面と結び付けて覚えるのに役立ちます。

本書の作成にあたりましてはスリーエーネットワークの佐野智子さん、田中綾子さん、服部智里さんに多くの貴重な御助言と御尽力をいただきました。心より謝意を表します。

2009 年　1 月

著者

本書の使い方（教える方へ）

||| **本書の構成** ||||||||||||||||||||||||||||||||||||||||||||||||||||

本冊（全8課、会社で使うことば、敬語表、解答とスクリプト、索引、「ことば」の中国語、英語訳）、CD（談話、会話、一部のクイズ）1枚から構成されている。

||| **各課の構成と効果的な使い方** ||||||||||||||||||||||||||||||||||||||

学習時間は1課につき3〜4時間を目安とする。

1．目　的	課の学習に入る前に読んで、学習の目的を明確にする。
2．クイズ	学習の前のウォーミングアップである。クイズをやりながら学習者同士で自己の経験や日頃疑問に思っていること、分からないことを話し合って動機づけをする。
3．表　現	「談話」、「会話」で取り上げている重要な機能表現がまとめてある。「談話」、「会話」には使われていないが覚えておくと便利な表現は「参考」として載せてある。
4．ことば	日本語能力試験出題基準2級以上のものを中心に、「談話」、「会話」、「練習」に出てくる語句・表現を取り上げている。巻末に、中国語、英語訳があるので、学習者は「談話」、「会話」、「練習」を行う前に、言葉の意味を理解しておく。また、アクセント記号を参考に、音読して発音を確かめるとよい。
5．談　話	基本となる機能表現にポイントを置いた3〜4種の場面の短い談話である。覚えるまで徹底的に練習を行う。 CDを使って導入し、代入練習はイントネーション、発音に注意しながら、自然なスピードで言えるようになるまで練習を繰り返す。スムーズに言えるようになったら、学習者が自分の状況で談話を作り、動作とともに発表する。

6．会　話	談話をベースに更に内容を広げたものである。 まず CD を聞いて内容を把握する。次に役割を決めて動作と ともに発話練習を行う。未習の表現や難しい文法項目がある 場合は、先に確認するとよい。この会話を使いこなせるよう にした後、実際の状況で応用する。
7．ロールプレイ	談話や会話が定着したらロールプレイを行なう。与えられた 情報に基づいて、その課で学んだ機能表現や、ふさわしい待 遇表現を使って会話を作り、それを演じる。教師は講評をし、 フィードバックを行なう。
8．練　習	文法項目などの口頭練習である。基本的に談話で練習してい るものは省いてあるが、大切な表現は練習でも取り上げた。 対話形式になっているものが多いので、学習者同士で練習す るとよい。
9．ビジネスコラム	日本のビジネスマナーや習慣について理解を深めるための短 いコラムである。余裕のある学生は、母国の習慣と比較して 話し合うのもいいだろう。

‖‖その他‖‖‖

漢字は基本的に常用漢字を使用し、すべての漢字にふりがなをつけている。

本書の使い方（学習する方へ）

本書の構成 ||||||||||||||||||||||||||||||||||||||

①本冊（全8課、会社で使うことば、敬語表、解答とスクリプト、索引、「ことば」の中国語、英語訳）

②CD（談話、会話、一部のクイズ）1枚

|||| **1課の勉強のしかた** ||||||||||||||||||||||||||||||||||||||||

1.	目　的	・勉強する前に読みます。
2.	クイズ	・勉強の前のウォーミングアップです。
		・勉強の前にやってください。
3.	表　現	・この課で勉強する大切な言い方です。
		・覚えて使えるようにしてください。
4.	ことば	・「談話」、「会話」、「練習」に出てくる日本語能力試験2級以上の言葉と表現です。
		・巻末の中国語、英語訳で、勉強の前に意味を確かめてください。
5.	談　話	・課の勉強の中心になる短い会話です。
		・はじめにCDを聞いて、内容を理解してください。
		・次にCDを使ってリピート練習をします。CDと同じぐらいの速さで上手に言えるまで練習して覚えてください。
		・覚えたら＿＿＿の言葉を入れかえて練習してください。
		・最後に自由に言葉を入れかえて練習してください。
6.	会　話	・練習した談話を使った長い会話です。
		・はじめにCDを聞いて、内容を理解してください。
		・絵を見ながら上手に言えるようになるまで練習して覚えてください。

7．ロールプレイ　　・勉強した内容を使って自分で会話を作る練習です。

・ＡかＢかどちらか自分の役を決めます。

・書いてある情報を読んで、会話の場面を理解してから、会話を作って演じてください。

8．練　習　　　　・会話のための文法・表現の練習です。会話のように声を出して言ってみましょう。

・「談話」で練習したもの以外の文法・表現の練習ですが、大切な言い方は「談話」と同じものもあります。

9．ビジネスコラム　　・日本のビジネスマナーや習慣についての短い読みものです。

・読んで理解してください。

目　次
もく　じ

1　紹介する ……1
しょうかい

談話 ……5
だんわ

1　自己紹介する　2　他社の人にあいさつする　3　他社の人に自社の人を紹介する
じこしょうかい　たしゃ　ひと　たしゃ　ひと　じしゃ　ひと　しょうかい

会話 ……7
かいわ

1　入社のあいさつ　2　担当交代のあいさつ　3　上司の紹介
にゅうしゃ　たんとうこうたい　じょうし　しょうかい

ビジネスコラム　名刺交換 ……18
めいしこうかん

2　あいさつをする ……19

談話 ……22
だんわ

1　休んだり、早退したりした時　2　久しぶりに会った時
やす　そうたい　とき　ひさ　あ　とき
3　お祝いを言う　4　会社を辞めたり、転勤したりする時
いわ　い　かいしゃ　や　てんきん　とき

会話 ……24
かいわ

1　風邪で会社を休んだ時　2　昇進のお祝い　3　帰国のあいさつ
かぜ　かいしゃ　やす　とき　しょうしん　いわ　きこく

ビジネスコラム　おじぎ／ていねいな気持ちは何度？ ……33
きも　なんど

3　電話をかける・受ける ……35
でんわ　う

談話 ……40
だんわ

1　不在を伝える　2　伝言を頼む
ふざい　つた　でんごん　たの
3　伝言を確認する　4　相手の社名や名前を聞き返す
でんごん　かくにん　あいて　しゃめい　なまえ　き　かえ

会話 ……42
かいわ

1　伝言を受ける　2　わかりにくい名前を聞く
でんごん　う　なまえ　き

ビジネスコラム　電話のルール／いつもお世話になっております ……51
でんわ　せわ

紹介する
しょうかい

仕事では、第一印象はとても大切です。自己紹介のしかたや、ほかの人に
しごと　　　　だいいちいんしょう　　　　　たいせつ　　じこしょうかい　　　　　　　　　　ひと

紹介してもらった時の受け答えで第一印象が決まります。この課では、自
しょうかい　　　　　　とき　う　こた　　だいいちいんしょう　き　　　　　　か　　じ

社の人や他社の人に初めて会った時にどんな紹介をしたらいいかを勉強し
しゃ　ひと　たしゃ　ひと　はじ　あ　　とき　　　　　しょうかい　　　　　　　　べんきょう

ます。

クイズ

Aさんは上司と一緒にX社へ行って、X社の部長にあいさつをします。上司とX社の部
じょうし　いっしょ　しゃ　い　　　　しゃ　ぶちょう　　　　　　　　　　じょうし　しゃ　ぶ

長は初めて会います。誰を最初に紹介したらいいか考えてください。
ちょう　はじ　あ　　　だれ　さいしょ　しょうかい　　　　　かんが

Aさん

X社部長　　　　　　　　　　上司
しゃ　ぶ ちょう　　　　　　　　　　じょうし

1

自己紹介する

・〔名前〕と申します。

　　　でございます。

　　　　例）オリエンタル商事のリビングストンでございます。

・〜（こと）になる

　　　　例）今日から営業３課で働くことになりましたリビングストンと申します。

　　　　例）今日から営業３課に配属になりましたリビングストンと申します。

・よろしくご指導ください。

他社の人にあいさつする

・お世話になっております。

ほかの人を紹介する

・〔自社の人の名前〕でございます。

　　　　例）こちらは営業部部長の長井でございます。

・〔他社の人の名前〕様でいらっしゃいます。

　　　　例）こちらはＸ社の開発部部長の江藤様でいらっしゃいます。

ことば

談話1　めいわく　迷惑
　　　　しどう（する）　指導（する）
　　　　てんきん（する）　転勤（する）
　　　　けんしゅう　研修
　　　　はいぞく　配属

　　　　みょうじ　名字
　　　　たんとう（する）　担当（する）
　　　　プロジェクト　　プロジェクト
　　　　チーム
　　　　くわわる　加わる

談話2　せわ　世話
　　　　しんせいひん　新製品
　　　　きかく　企画
　　　　ちく　地区
　　　　しじょうちょうさ　市場調査

談話3　たすける　助ける
　　　　ひきたてる　引き立てる
　　　　きちょう　貴重
　　　　じょうほう　情報
　　　　もうしわけない　申し訳ない
　　　　アドバイス

会話1　にゅうしゃ（する）　入社（する）
　　　　このたび
　　　　ゆうしゅう　優秀
　　　　せいせき　成績

　　　　わがしゃ　わが社
　　　　ごうかく（する）　合格（する）
　　　　とんでもないです
　　　　～づとめ　～勤め
　　　　とまどう　戸惑う

会話2　こうたい　交代
　　　　じつは　実は
　　　　こうにん　後任
　　　　もの　者
　　　　おそれいります　恐れ入ります
　　　　どうよう　同様
　　　　めいし　名刺
　　　　せいいっぱい　精いっぱい

会話3　うち
　　　　はんとし　半年
　　　　～ちかく　～近く
　　　　こんごとも　今後とも

練習1　けいご　敬語
　　　　しつれいですが　失礼ですが
　　　　～しゃ　～社
　　　　ほうもん（する）　訪問（する）
　　　　しょるい　書類

レ￢ポ￢ート

け￢んしゅ￢うせい　研修生

か￢いがい　海外

しゅ￢っちょう(する)　出張(する)

ス￢ケ￢ジュール

ホ￢テルを　と￢る

し￢んか￢んせん　新幹線

き￢かくしょ　企画書

な￢いよう　内容

く￢わし￢い　詳しい

し￢りょう　資料

ファ￢クス

練習2　こ￢く￢ない　国内

い￢ちらん　一覧

談 話

1 自己紹介する
じ こ しょうかい

〔1〕 **01**

> A：①<u>今日から営業3課で働くこと</u>　になりましたリビングストンと申します。
> 　　きょう　　えいぎょう　か　はたら　　　　　　　　　　　　　　　　　　　　もう
> B：川田です。よろしくお願いいたします。
> 　　かわ だ　　　　　　　　　　ねが
> A：②<u>ご迷惑をおかけする</u>　こともあるかと思いますが、よろしくご指導ください。
> 　　　めいわく　　　　　　　　　　　　　　おも　　　　　　　　　　　　　　し どう

例）① 今日から営業3課で働くこと　　　② ご迷惑をおかけする
れい　　きょう　えいぎょう　か　はたら　　　　　　めいわく

1）① 大阪から転勤　　　　　　　　　　② いろいろお伺いする
　　おおさか　てんきん　　　　　　　　　　　　　うかが

2）① こちらで6か月間研修を受けること　② 日本語を間違える
　　　　　　げつかんけんしゅう　う　　　　　　に ほん ご　ま ちが

3）① 今日から営業3課に配属　　　　　② 失礼な日本語を使う
　　きょう　えいぎょう　か　はいぞく　　　　　しつれい　に ほん ご　つか

〔2〕 **02**

> A：　<u>今日からこちらで研修を受けること</u>　になったリビングストンです。イギリ
> 　　　きょう　　　　　けんしゅう　う
> スから参りました。どうぞよろしくお願いいたします。リビングストンは名字
> 　　まい　　　　　　　　　　　　　　　　　　　ねが　　　　　　　　　　　　　　みょう じ
> ですが、言いにくい方はダニーと呼んでください。
> 　　　　い　　　　　かた　　　　　　　　　よ

例）今日からこちらで研修を受けること
れい　きょう　　　　　けんしゅう　う

1）今日から営業3課に配属
　　きょう　えいぎょう　か　はいぞく

2）今度、営業担当
　　こん ど　えいぎょうたんとう

3）今日からこちらの課でみなさんと一緒に仕事をすること
　　きょう　　　　　　か　　　　　　　　いっしょ　し ごと

4）今度、このプロジェクトチームに新しく加わること
　　こん ど　　　　　　　　　　　　　　　あたら　くわ

2 他社の人にあいさつする

> A：①御社を担当させていただきます　オリエンタル商事のリビングストンでござ
>   います。どうぞよろしくお願いいたします。
> B：あ、リビングストンさんですか。いつもお世話になっております。②営業部
>   の木村でございます。こちらこそどうぞよろしくお願いいたします。

◆①は＿＿＿＿に合う形に変えてください。

　例）①御社を担当する　　　　　　　　②営業部
　1）①新製品の企画を担当する　　　　②開発部
　2）①この地区を担当している　　　　②経理部
　3）①市場調査を担当している　　　　②総務部

3 他社の人に自社の人を紹介する

> A：こちらは弊社の営業部部長の長井でございます。部長、こちらは開発部部長の江
>   藤様でいらっしゃいます。
> B：はじめまして。長井と申します。①いつもチンがいろいろとお世話になっており
>   ます。
> C：いえ、こちらこそ。チンさんには　②よくやって　いただいております。

◆②は＿＿＿＿に合う形に変えてください。

　例）①いつもチンがいろいろとお世話になっております
　　　②よくやる
　1）①いつもチンにご指導いただきありがとうございます
　　　②いろいろ助ける
　2）①いつもお引き立ていただきありがとうございます
　　　②いつも貴重な情報を教える
　3）①ごあいさつに伺うのが遅くなりまして申し訳ございません
　　　②いいアドバイスをする

会 話

1 入社のあいさつ　05
　　にゅうしゃ

〈社内で〉
　しゃない

課長 かちょう	みなさん、今日から営業3課に配属に 　　　　きょう　　えいぎょう　か　　はいぞく なったリビングストンさんを紹介します。 　　　　　　　　　　　　　　　しょうかい
ダニー	ロンドンから参りましたリビングストン 　　　　　　　まい と申します。よろしくお願いいたします。 　もう　　　　　　　　ねが リビングストンは名字ですが、言いにく 　　　　　　　　みょうじ　　　　い い方はダニーと呼んでください。 　かた　　　　　よ
課長 かちょう	ダニーさんは、2年間日本語学校で勉 　　　　　　　ねんかん　にほんごがっこう　べん 強されました。そしてこのたび、優秀な きょう　　　　　　　　　　　　　　ゆうしゅう 成績でわが社の入社試験に合格されまし せいせき　　しゃ　にゅうしゃしけん　ごうかく た。そうですよね、ダニーさん。
ダニー	いえいえ、とんでもないです。会社勤め 　　　　　　　　　　　　　　　かいしゃづと は初めてですので、戸惑うこともあるか 　はじ　　　　　　　とまど と思いますが、一生懸命がんばりますの 　おも　　　　　いっしょうけんめい で、よろしくご指導ください。 　　　　　　　しどう

7

長井：オリエンタル商事
なが い　　　　　　　　　しょう じ

チン：オリエンタル商事
　　　　　　　　　　　しょう じ

木村：ＡＢＣカンパニー
き むら

長井　いつもお世話になっております。実はこの
なが い　　　　せ わ　　　　　　　　　　　じつ
　　　たび御社の担当が替わりましたので、後任
　　　おんしゃ たんとう か　　　　　　　　こうにん
　　　の者を連れてごあいさつに参りました。
　　　もの つ　　　　　　　　　　　　まい

木村　それはごていねいに、恐れ入ります。
き むら　　　　　　　　　　　おそ い

長井　こちらが私の後任のチンシュウメイでご
なが い　　　わたくし こうにん
　　　ざいます。私同様よろしくお願いいたし
　　　　　わたくしどうよう　　　ねが
　　　ます。

チン　このたび、御社を担当させていただくこと
　　　　　　　おんしゃ たんとう
　　　になりましたチンでございます。（名刺を
　　　　　　　　　　　　　　　　　めい し
　　　渡す）
　　　わた

木村　あ、チンさんですか。木村でございます。
き むら　　　　　　　　　き むら
　　　（名刺を渡す）どうぞよろしくお願いいた
　　　めい し わた　　　　　　　　　　ねが
　　　します。

チン　精いっぱいがんばりますので、こちらこそ、
　　　せい
　　　よろしくお願いいたします。
　　　　　　　ねが

チン：オリエンタル商事営業部
　　　　　　　　しょうじ　えいぎょうぶ

長井：オリエンタル商事営業部　部長
なが い　　　しょうじ　えいぎょうぶ　　ぶ ちょう

江藤：第一製鉄開発部　部長
え とう　　だいいちせいてつかいはつ ぶ　　ぶ ちょう

チン　　江藤部長、こちらは弊社の営業部部長の長
　　　　え とう ぶ ちょう　　　　　　　　へいしゃ えいぎょう ぶ ぶ ちょう　　なが
　　　　井でございます。部長、こちらは開発部部
　　　　い　　　　　　　　　ぶ ちょう　　　　　　　かいはつ ぶ ぶ
　　　　長の江藤様でいらっしゃいます。
　　　　ちょう　え とうさま

長井　　長井と申します。いつもチンがいろいろと
なが い　　なが い　もう
　　　　お世話になっております。
　　　　　　せ わ

江藤　　いや、こちらこそ。チンさんはうちの担当
え とう　　　　　　　　　　　　　　　　　　　　たんとう
　　　　になられてから、もう半年近くになります
　　　　　　　　　　　　　　　はんとしちか
　　　　が、非常によくやっていただいております。
　　　　　　ひ じょう

チン　　いえ、とんでもないです。江藤部長にはい
　　　　　　　　　　　　　　　　え とう ぶ ちょう
　　　　ろいろ助けていただいております。
　　　　　　　たす

長井　　今後ともどうぞろしくお願いいたします。
なが い　　こん ご　　　　　　　　　　　　　　ねが

1 **A:**

> あなたは入社したばかりの社員です。今日初めて会社へ来ました。
>
> 同じ課の人たちに自己紹介をしてください。
>
> （名前・どこから来たか・呼んでもらいたいニックネーム・「これからよろしくお願いします」という気持ちが伝わる言葉などを言いましょう。）

※ 上司や同僚の家族に初めて会った時のあいさつや引っ越してきた時の近所の人へのあいさつも考えてみましょう。

2　A：

（X社社員）

あなたは上司のBさんと一緒にY社のCさんを訪問します。BさんとCさんは初めて会います。

CさんにBさんを紹介し、BさんにCさんを紹介してください。

B：

（X社社員）

あなたはAさんの上司です。Y社のCさんに初めて会います。

あいさつをしてください。

C：

（Y社社員）

X社のAさんが上司のBさんと一緒に来ます。Bさんには初めて会います。

あいさつをしてください。

1 敬語
_{けいご}

〔A〕 特別な形
_{とくべつ} _{かたち}

AさんとBさんは別の会社の社員です。ていねいに話してください。
_{べつ} _{かいしゃ} _{しゃいん} _{はな}

例)
_{れい}

失礼ですが、お名前は何と言いますか。
_{しつれい} _{なまえ} _{なん} _い

田中と言います。
_{たなか} _い

　A：失礼ですが、お名前は何とおっしゃいますか。
　　_{しつれい} _{なまえ} _{なん}

　B：田中と申します。
　　_{たなか} _{もう}

1)

X社のスミス社長を知っていますか。
_{しゃ} _{しゃちょう} _し

いいえ、知りません。
_し

2)

何にしますか。
_{なん}

わたしはビールにします。

3)

明日4時ごろ会社にいますか。
_{あす} _じ _{かいしゃ}

はい、います。

4）
あさって何時ごろ弊社へ来ますか。
なんじ　へい　しゃ　き

2時ごろ訪問します。
じ　ほうもん

5）
その書類を見てもいいですか。
しょるい　み

どうぞ見てください。
み

〔B〕 ～（ら）れる ・ お～になる

AさんとBさんは同じ会社の社員です。社長について、ていねいに話してください。
おな　かいしゃ　しゃいん　しゃちょう　はな

例）
れい

A

社長はもう出かけましたか。
しゃちょう　で

B

ええ、もう出かけましたよ。
で

A：社長はもう出かけられましたか。
　しゃちょう　で
B：ええ、もうお出かけになりましたよ。
　　　　　　で

1）
社長はもう戻りましたか。
しゃちょう　もど

ええ、もう戻りましたよ。
もど

2）

社長はもうこのレポートを読みましたか。

ええ、もう読みましたよ。

3）

社長はもう研修生と会いましたか。

ええ、もう会いましたよ。

4）

社長はもう帰りましたか。

ええ、もう帰りましたよ。

5）

社長はもう海外出張のスケジュールを決めましたか。

ええ。もう決めましたよ。

〔C〕 お／ご〜します。

Ｂさん（部下）はＡさん（上司）の話を聞いて、ていねいに答えてください。

例）

A

これ今日中に終わらせたいんだけど、終わりそうもないなあ。

B

では、
お手伝いします。
（手伝う）

1）

出張するので、ホテルをとってくれますか。

はい、
＿＿＿＿＿＿＿。
（とる）

2）

あさっての朝の新幹線の時間が知りたいんですが。

はい、すぐ
＿＿＿＿＿＿＿。
（調べる）

3）

う〜ん、重いな。

わたしが半分
＿＿＿＿＿＿＿。
（持つ）

4)

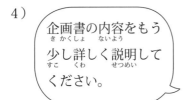

企画書（きかくしょ）の内容（ないよう）をもう少（すこ）し詳（くわ）しく説明（せつめい）してください。

はい、
＿＿＿＿＿＿＿＿＿。
（説明（せつめい）する）

5)

今（いま）、X社（しゃ）にいるんだけど、資料（しりょう）を忘（わす）れちゃって…。

すぐにそちらにファクスで＿＿＿＿＿＿＿＿。
（送（おく）る）

2 ～（さ）せていただきます。

Bさんは A さんの会社（かいしゃ）を訪問（ほうもん）します。 Bさんは A さんの話（はなし）を聞（き）いて、ていねいに答（こた）えてください。 ＊は特別（とくべつ）な形（かたち）の敬語（けいご）を使（つか）います。

例（れい））

A

明日（あす）、お待（ま）ちしています。

B

はい、伺（うかが）う前（まえ）にまた<u>お電話（でんわ）させていただ</u>きます。
（お電話（でんわ）する）

1)

どうぞ中（なか）でお待（ま）ちください。

いいえ、けっこうです。こちらで
＿＿＿＿＿＿＿＿。
（待（ま）つ）

2）

このパソコンをお使_{つか}いください。

ありがとうございます。では、

＿＿＿＿＿＿＿＿。

（使う_{つか}）

3）

うちの国内支社_{こくない ししゃ}の一覧_{いちらん}です。どうぞご覧_{らん}ください。

ありがとうございます。では、

＿＿＿＿＿＿＿＿。

（見る_み*）

4）

今日_{きょう}はありがとうございました。

こちらこそありがとうございました。では、ここで

＿＿＿＿＿＿＿＿。

（失礼する_{しつれい}）

5）

外_{そと}は寒_{さむ}いですから、どうぞこちらでコートをお召_めしください。

ありがとうございます。では、失礼して_{しつれい}

＿＿＿＿＿＿＿＿。

（着る_き）

ビジネスコラム

名刺交換
めいしこうかん

　ビジネスで初対面の人に会った時、名刺交換をします。「○○社の△
　　　　しょたいめん　ひと　あ　　とき　めいしこうかん　　　　　　　　　　　しゃ
△と申します」と会社の名前と自分の名前を言いながら、名刺を相手の
　もう　　　　　　かいしゃ　なまえ　じぶん　なまえ　い　　　　　　めいし　あいて
胸の高さに出して渡します。会社の名前と自分の名前を言ってから、「ど
むね　たか　だ　　　わた　　　　かいしゃ　なまえ　じぶん　なまえ　い
うぞよろしくお願いいたします」と言います。受け取る時は、「ちょう
　　　　　　　　ねが　　　　　　　　　　　　　　　　う　と　とき
だいいたします」と言います。両手で名刺を持って、渡したり受け取っ
　　　　　　　　　　　　　　りょうて　めいし　も　　　　わた　　　　う　と
たりするのがいちばんていねいですが、同時に出してしまったらどうし
　　　　　　　　　　　　　　　　　　どうじ　だ
たらいいでしょうか。相手が名刺を取るのを待ってから受け取ります。
　　　　　　　　　　あいて　めいし　と　　　　ま　　　　　う　と
相手を優先する気持ちを示すことになります。
あいて　ゆうせん　きも　　しめ

2 あいさつをする

場面に合ったあいさつは、会話の基本です。この課では、日本人とのコミュ
ニケーションを深めるためにいろいろな場面でのあいさつを勉強します。あ
いさつに合った動作もあわせて練習しましょう。

クイズ

こんな時、何と言いますか。1）〜8）に合うあいさつを選んで、線で結んでください。

1）社長の部屋に入ります　　　　　　　・　　・a. おめでとうございます

2）上司のお父さんが亡くなりました・　　・b. おつかれさまでした

3）同僚が先に退社します　　　　　　・　　・c. ごぶさたしております

4）同僚より先に退社します　　　　　・　　・d. このたびは、ご愁傷様でございました

5）久しぶりに前の上司に会いました・　　・e. 失礼いたします

6）同僚が結婚します　　　　　　　　・　　・f. お先に失礼します

7）客が部屋で待っています　　　　　・　　・g. どうもごちそうさまでした

8）上司におごってもらいました　　　・　　・h. お待たせいたしました

早退・遅刻・休暇明け（自分の都合で長く休んだ後）

・〜て申し訳ありませんでした。

例）忙しい時に休んでしまって申し訳ありませんでした。

例）遅くなって申し訳ありませんでした。

久しぶりに会う

・ごぶさたしております。

・お久しぶりでございます。

・お変わりございませんか。

お祝い

・お／ご〜おめでとうございます。

例）ご栄転おめでとうございます。

退職・転勤・帰国

・いろいろお世話になりました。

▶参考◀ **知り合いの家族や親戚が亡くなった時**

・このたびは、ご愁傷様でございました。

お礼

・その節は、ごていねいにありがとうございました。

年末

・どうぞよいお年をお迎えください。

新年

・あけましておめでとうございます。

・今年もよろしくお願いいたします。

ことば

談話1　そ￢うたい（する）　早退（する）
　　　　　お￢かげさま
　　　　　き￢こく（する）　帰国（する）
　　　　　け￢っこ￢んしき　結婚式
　　　　　ぶ￢じ　無事

談話2　ご￢ぶさた
　　　　　な￢んとか

談話3　た￢んじょう　誕生
　　　　　え￢いてん　栄転
　　　　　しょ￢うしん　昇進

談話4　や￢める　辞める
　　　　　た￢いしょく（する）　退職（する）
　　　　　い￢どう（する）　異動（する）

会話1　イ￢ンフルエ￢ンザ
　　　　　お￢なかにく￢る
　　　　　ひ￢ど￢いめに あ￢う
　　　　　　　ひどい目にあう
　　　　　バ￢リバリやる
　　　　　た￢まる

会話2　じ￢き　時期
　　　　　さ￢っする　察する
　　　　　ひ￢と￢つ よろしく た￢のみま￢す
　　　　　　　ひとつよろしく頼みます

会話3　ま￢る〜ねん　まる〜年
　　　　　き￢を つけ￢る　気をつける

練習1　よ￢さん　予算
　　　　　ず￢いぶん
　　　　　だ￢いがく￢いん　大学院
　　　　　た￢いした　大した
　　　　　か￢らだが つ￢づく　体がつづく

練習2　ら￢いてん　来店
　　　　　の￢みや　飲み屋
　　　　　きゅ￢う　急
　　　　　や￢ちん　家賃
　　　　　ね￢だん　値段

1 休んだり、早退したりした時
やす　　　　　そうたい　　　　　　とき

> A：主任、①忙しい時に３日も休んで しまって申し訳ありませんでした。
> 　　しゅにん　いそが　とき　みっか　やす　　　　　　　　　　もう　わけ
> B：あ、アランさん、ゆっくりできましたか。
> A：ええ、おかげさまで ②すっかりよくなりました 。

◆①は＿＿＿に合う形に変えてください。
　　　　　あ　かたち　か

　例）①忙しい時に３日も休んだ　　　　②すっかりよくなりました
　　れい　いそが　とき　みっか　やす
　１）①きのうは早退した　　　　　　　②元気になりました
　　　　　　　　　そうたい　　　　　　　　　　げんき
　２）①２週間も夏休みをいただいた　　②両親とゆっくり旅行ができました
　　　　　しゅうかん　なつやす　　　　　　りょうしん　　　　　りょこう
　３）①10日も帰国した　　　　　　　　②妹の結婚式も無事終わりました
　　　　　とおか　きこく　　　　　　　　　いもうと　けっこんしき　ぶじお

2 久しぶりに会った時
ひさ　　　　　あ　　　とき

> A：吉田さん、①ごぶさたしております 。
> 　　よしだ
> B：②こちらこそ 。最近はいかがですか。
> 　　　　　　　　　さいきん
> A：ええ、なんとか。

　例）①ごぶさたしております　　　　②こちらこそ
　　れい
　１）①お久しぶりでございます　　　②お久しぶりです
　　　　　ひさ　　　　　　　　　　　　　　ひさ
　２）①お変わりございませんか　　　②おかげさまで
　　　　　か
　３）①しばらくでございます　　　　②あ、しばらくです

3　お祝いを言う

> A：①吉田さん　、②お子さんのお誕生　おめでとうございます。
>
> B：ありがとうございます。
>
> A：③吉田さんによく似ていらっしゃる　そうですね。本当におめでとうございます。

◆③は＿＿＿に合うていねいな形に変えてください。＊は特別な形の敬語を使います。

例）①吉田さん　　　②お子さんのお誕生　③吉田さんによく似ている＊

1）①部長　　　　　②ご栄転　　　　　③アメリカへ行く＊

2）①吉田課長　　　②ご昇進　　　　　③部長になる

3）①山本さん　　　②お嬢さんのご入学　③東京大学に入った

4　会社を辞めたり、転勤したりする時 🕚

> A：山田さん、来月　帰国する　ことになりました。3年間、いろいろお世話になりました。
>
> B：もう3年ですか。早いものですね。
>
> A：山田さんには本当にお世話になりました。
>
> B：いえいえ、こちらこそ。

例）帰国する

1）退職する

2）大阪に転勤する

3）営業2課に異動する

1　風邪で会社を休んだ時
かぜ　かいしゃ　やす　とき

〈社内で〉
しゃない

アラン	主任、忙しい時に３日も休んでしまって しゅにん　いそが　とき　みっか　やす 申し訳ありませんでした。 もう　わけ
主任 しゅにん	あ、アラン君、もういいの？ くん
アラン	ええ。おかげさまですっかりよくなりま した。
主任 しゅにん	今年のインフルエンザはひどいそうだね。 ことし
アラン	ええ。おなかにきちゃって、ひどい目に め あいました。
主任 しゅにん	そう。大変だったね。今日からまたがん たいへん　きょう ばって。
アラン	はい。今日からまたバリバリやります。仕 きょう　し 事が山のようにたまっちゃいましたから。 ごと　やま

アラン：ＡＢＣカンパニー

吉田：東京商事
よし だ とうきょうしょう じ

アラン	吉田さん、ごぶさたしております。
吉田	こちらこそ、ごぶさたしております。お仕事はいかがですか。
アラン	まあ、なんとか。 ところで吉田さん、部長になられたそうですね。ご昇進おめでとうございます。
吉田	ありがとうございます。しかし、今は時期が時期だから…。
アラン	そうですね。大変な時期だとお察しします。
吉田	今後ともひとつよろしく頼みます。
アラン	こちらこそ、よろしくお願いいたします。

〈社内で〉
しゃない

アラン　山田さん、来月フランスへ帰国すること
　　　　やまだ　らいげつ　　　　　　　きこく
　　　　になりました。いろいろお世話になりま
　　　　　　　　　　　　　　　　　せわ
　　　　した。

山田　　え、もう帰国ですか。日本には何年にな
やまだ　　　　　きこく　　　にほん　　なんねん
　　　　りましたか。

アラン　まる4年です。
　　　　　　ねん

山田　　そうですか。早いものですね。また、機
やまだ　　　　　　はや　　　　　　　　　　き
　　　　会があったら、東京へ来てください。
　　　　かい　　　　　　とうきょう　き

アラン　そうですね。ぜひ、そうしたいと思って
　　　　　　　　　　　　　　　　　　　おも
　　　　います。

山田　　じゃあ、体に気をつけてがんばってくだ
やまだ　　　　からだ　き
　　　　さい。

アラン　はい、山田さんもどうぞお元気で。
　　　　　　やまだ　　　　　　げんき

※123の会話は上司や他社の人とていねいに話す時の会話です。
　かいわ　じょうし　たしゃ　ひと　　　　　　はな　とき　かいわ
　同僚や友人との会話にしてみましょう。
　どうりょう　ゆうじん　　かいわ

ロールプレイ

1 **A：**

あなたは1週間会社を休んで帰国していました。今日は久しぶりに会社
へ来ました。
上司のBさんにあいさつをしてください。

B：

会社を休んで帰国していた部下のAさんが、久しぶりに会社へ来ました。
Aさんがあいさつに来るので、返事をして、Aさんと話してください。

※ 長く休んで旅行をした時などは、会社の人におみやげを渡すこともあ
ります。何と言って渡したらよいのかも考えてみましょう。

2　**A：**

あなたは今日、会社へ来る時、電車が事故で止まったため、遅刻してしまいました。

上司のBさんに遅刻した理由を言って、あやまってください。

B：

遅刻した部下のAさんがあやまりに来ます。

Aさんの話を聞いて、Aさんと話してください。

3　**A**：

あなたは来週、帰国することになりました。
仕事でもプライベートでもお世話になった同僚のBさんに、帰国のあいさつをしてください。

B：

同僚のAさんがあいさつに来ます。
Aさんの話を聞いて、Aさんと話してください。

※特にお世話になった人には、お礼のプレゼントを渡すこともあります。
何と言って渡したらよいのかも考えてみましょう。

練習

1 　～ものですね。

Ｂさんは A さんの話を聞いて、返事をします。□の中から＿＿＿＿に合うものを選んで答
えてください。

例)
　　　　　　　　A

> 日本へ来て、もう 3
> 年になります。

　　　　　　　　B

> もう 3 年ですか。
> ＿＿早い＿＿　ものですね。

1)

> 新製品開発のための
> 予算は 2 億円だそう
> ですよ。

> へえ、2 億円ですか。
> ずいぶん＿＿＿＿＿＿
> ものですね。

2)

> これ、ジョンさんが
> 作った企画書です
> が、なかなかよくで
> きていますよ。

> ええ、＿＿＿＿＿＿＿
> ものですね。入社し
> てまだ 1 年なのに。

3)

> パクさんは昼間は会
> 社で仕事をして、夜
> は大学院に通ってい
> るんですよ。

> へえ、よく＿＿＿＿＿
> ＿＿ものですね。仕
> 事も休まないし。

4）

パソコンって何でもできるんですね。電話にも使えるし、買い物もできるんですね。

ええ、＿＿＿＿＿＿ものですね。パソコンのない生活なんて考えられませんよ。

大した	例）早い	お金がかかる	体がつづく	便利な
たい	れい はや	かね	からだ	べん り

2　～が～だから

Bさんは A さんの話を聞いて、返事をします。□の中から＿＿＿＿に合うものを選んで答えてください。

例）A：今、X社に電話しているんですが、誰も出ないんですよ。もうみんな帰ったんでしょうか。

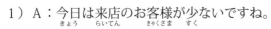

B：まあ、＿＿時間＿＿が＿＿時間＿＿だからね。

1）A：今日は来店のお客様が少ないですね。

B：まあ、＿＿＿＿＿＿＿が＿＿＿＿＿＿＿だからね。

2）A：きのうの飲み屋、料理がまずかったね。

B：まあ、＿＿＿＿＿＿＿が＿＿＿＿＿＿＿だからね。

31

3）A：急な出張なんですが、飛行機が取れなくて。
　　　きゅう　しゅっちょう　　　　　　ひこうき　と
　　B：まあ、＿＿＿＿＿が＿＿＿＿＿だからね。

4）A：このアパート、家賃が安いね。
　　　　　　　　　や ちん　やす
　　B：まあ、＿＿＿＿＿が＿＿＿＿＿だからね。

天気	時期	値段	場所	例）時間
てんき	じき	ねだん	ばしょ	れい じかん

ビジネスコラム

- -

おじぎ　／　ていねいな気持ちは何度？

　あいさつをする時に大切なのは「おじぎ」です。おじぎをして、相手に対するていねいな気持ちを表します。おじぎは背中を伸ばして、1・2・3のリズムで腰から上を曲げます。1で相手を見て、2で腰から上を曲げて、3で体を起こします。2の間は相手を見ないで下を見ます。相手を見ながらおじぎをするのは、きれいなおじぎではありません。曲げる角度は場面によって違います。では、どんな時に、曲げる角度を何度にすればいいのでしょうか。

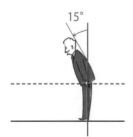

15°

廊下で擦れ違う時
出社の時・退社の時

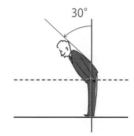

30°

訪問する時
客が来た時・帰る時

45°

お礼を言う時・あやまる時
大事なお願いがある時
結婚式・お葬式の時

3 電話をかける・受ける
でん　わ　　　　　　　　う

外国語で電話をかけるのは、顔が見えないので難しいものです。この課では、
がいこくご　でんわ　　　　　　　　かお　み　　　　　　　むずか　　　　　　　　　か
相手に失礼にならないように、電話でよく使う言い方や話す順番を勉強し
あいて　しつれい　　　　　　　　　　でんわ　　　　つか　い　かた　はな　じゅんばん　べんきょう
ます。

クイズ 15

CD を聞いて、名前と電話番号を書いてください。
き　　　なまえ　でんわばんごう　か

失礼ですが、どちら様ですか。
しつれい　　　　　　さま

さくら貿易の山崎と申します。
ぼうえき　やまざき　もう

例1）＿＿＿さくら貿易＿＿＿の＿＿山崎＿＿と申します。
れい　　　　　　　ぼうえき　　　　　　　やまざき　　もう

　　1）＿＿＿＿＿＿＿＿＿＿の＿＿＿＿＿＿と申します。
　　　　　　　　　　　　　　　　　　　　　　　　もう

　　2）＿＿＿＿＿＿＿＿＿＿の＿＿＿＿＿＿と申します。
　　　　　　　　　　　　　　　　　　　　　　　　もう

　　3）＿＿＿＿＿＿＿＿＿＿の＿＿＿＿＿＿と申します。
　　　　　　　　　　　　　　　　　　　　　　　　もう

恐れ入りますが、そちら様のお電話番号を
おそ　い　　　　　　　　　　さま　　でんわばんごう
教えていただけますか。
おし

052 － 558 － 6473 です。

例2）＿＿052 － 558 － 6473＿＿＿＿＿＿です。
れい

　　4）＿＿＿＿＿＿＿＿＿＿＿＿＿＿＿＿＿です。

　　5）＿＿＿＿＿＿＿＿＿＿＿＿＿＿＿＿＿です。

　　6）＿＿＿＿＿＿＿＿＿＿＿＿＿＿＿＿＿です。

35

表現

●電話をかける

相手を呼び出す

・〔相手の名前〕さん／様　（は）おいでになりますか。

　　　　　　　　　　　　　（は）いらっしゃいますか。

　　　　　　　　　　　　　（を）お願いできますか。

伝言を頼む

・ご伝言をお願いできますか。

・～とお伝えください。
　　例）明日２時の約束を３時に変更していただきたいとお伝えください。

伝言を頼まない時の対応を伝える

・後ほどかけ直します。

・電話があったことをお伝えください。

電話を切る

・失礼いたします。

●電話を受ける

不在を伝える

・〜ておりますが。　　例）ただいま席をはずしておりますが。

・〜中ですが。　　　　例）ただいま外出中でございますが。

伝言を受ける

・何か伝言がございましたら、お伝えいたしますが。

▶参考◀　・よろしければ、ご用件を承りますが。

・復唱いたします。　　／復唱させていただきます。

・繰り返します。　　　／繰り返させていただきます。

・〜ということでよろしいでしょうか。

　　　　例）2時のお約束を3時に変更なさりたいということでよろしいでしょうか。

・〔不在の人の名前〕が戻りましたら、申し伝えます。

相手の電話番号を聞く

・念のためお電話番号をいただけますでしょうか。

電話を受けた者の名前を伝える

・私、〔名前〕と申します。

電話会話のチャート

電話を受ける	電話をかける

〔社名〕でございます。

私、〔社名〕の〔名前〕と申します。

いつもお世話になっております。

こちらこそ。あのう、Cさん／様おいでになりますか。

はい。少々お待ちください。

お待たせいたしました。Cです。

申し訳ございません。Cはただいま／本日＿＿＿＿＿＿＿。
・何か伝言がございましたら、お伝えいたしますが。
・よろしければ、ご用件を承りますが。
・折り返しこちらからお電話いたしましょうか。

いえ、けっこうです。私の方から、またかけます。

さようでございますか。
では、よろしくお願いいたします。

では、失礼いたします。

失礼いたします。

＊電話を受けた側は、相手が切ってから切る

38

談話1　ふざい　不在
　　　　ただいま
　　　　せきを はずす　席をはずす
　　　　でんごん　伝言
　　　　かしこまりました
　　　　がいしゅつ　外出
　　　　～ちゅう　～中
　　　　のちほど　後ほど
　　　　でんわに でる　電話に出る
　　　　しょくじに でる　食事に出る
　　　　でんわが ある　電話がある

談話2　へんこう(する)　変更（する）
　　　　しょうち(する)　承知（する）
　　　　パンフレット
　　　　～ぶ　～部
　　　　せんじつ　先日
　　　　けん　件
　　　　みつもり　見積もり
　　　　しきゅう　至急
　　　　おりかえし　折り返し

談話3　かくにん(する)　確認（する）
　　　　ねんのため　念のため
　　　　ふくしょう(する)　復唱（する）
　　　　くりかえす　繰り返す

談話4　あいて　相手
　　　　しゃめい　社名

ききかえす　聞き返す
しつれいしました
　　　失礼しました

会話1　でんごんを うける
　　　　伝言を受ける

会話2　しょうしょう　少々

練習1　うちあわせ　打ち合わせ
　　　　ほうこく(する)　報告（する）
　　　　サンプル
　　　　しょうひん　商品
　　　　にゅうか(する)　入荷（する）
　　　　にちじ　日時

練習2　らいきゃく　来客

3 電話をかける・受ける

39

1　不在を伝える

> A：私、さくら貿易の山崎と申しますが、課長の田中様　①おいでになりますか　。
> B：申し訳ございません。田中はただいま　②席をはずしております　が。
> A：では、③ご伝言をお願いできますか　。
> B：はい、かしこまりました。

　例)　①おいでになりますか　　②席をはずしております

　　　　③ご伝言をお願いできますか

　1)　①いらっしゃいますか　　②外出中でございます

　　　　③また後ほどかけ直します

　2)　①おいでになりますか　　②ほかの電話に出ております

　　　　③恐れ入りますが、お電話をいただけないでしょうか

　3)　①お願いできますか　　②食事に出ております

　　　　③電話があったことをお伝えください

2　伝言を頼む

> A：何か伝言がございましたら、お伝えいたしますが。
> B：それでは、明日2時のお約束を3時に変更していただきたい　とお伝えください。
> A：承知いたしました。

　例)　明日2時のお約束を3時に変更していただきたい

　1)　明日10時に弊社へいらっしゃっていただきたい

　2)　御社の新製品のパンフレットを50部お持ちいただきたい

　3)　先日の件の見積もりを至急送っていただきたい

　4)　折り返しお電話をいただきたい

3　伝言を確認する　⑱

> A：念のため　<u>①復唱いたします</u>。
>
> 　　<u>②明日２時のお約束を３時に変更なさりたい</u> ということでよろしいでしょうか。
>
> B：はい、そうです。

例）①復唱いたします　　　　②明日２時のお約束を３時に変更なさりたい

1）①復唱いたします　　　　②明日10時に御社に伺う

2）①繰り返します　　　　　②弊社の新製品のパンフレットを50部お持ちする

3）①繰り返します　　　　　②お見積もりを至急お送りする

4）①復唱いたします　　　　②折り返しお電話をさしあげる

4　相手の社名や名前を聞き返す　⑲

> A：はい、ＡＢＣカンパニーでございます。
>
> B：私、さくら貿易の山崎と申しますが…。
>
> A：申し訳ございません。<u>①どちらの山崎様でいらっしゃいますか</u>。
>
> B：<u>②さくら貿易</u> です。
>
> A：失礼いたしました。

例）①どちらの山崎様でいらっしゃいますか　　　②さくら貿易

1）①もう一度お名前をお願いできますか　　　　②さくら貿易の山崎

2）①もう一度おっしゃっていただけますか　　　②さくら貿易の山崎

3）①さくら貿易のどちら様でいらっしゃいますか　　②山崎

オリガ：ＡＢＣカンパニー

山崎：さくら貿易
やまざき　ぼうえき

オリガ	はい、ＡＢＣカンパニーでございます。
山崎 やまざき	さくら貿易の山崎でございます。 ぼうえき　やまざき
オリガ	いつもお世話になっております。 せわ
山崎 やまざき	こちらこそ、お世話になっております。恐 せわ　おそ れ入りますが、課長の田中様はいらっしゃ い　かちょう　たなかさま いますか。

オリガ	申し訳ございません。田中はただいま会 もう　わけ　たなか　かい 議中でございます。何か伝言がございま ぎちゅう　なに　でんごん したら、お伝えいたしますが。 つた
山崎 やまざき	それでは、お願いできますか。 ねが
オリガ	はい、どうぞ。
山崎 やまざき	明日午前 10 時のお約束をあさってに変 あす ごぜん　じ　やくそく　へん 更していただきたいとお伝えいただけま こう　つた すでしょうか。

オリガ	承知いたしました。復唱させていただきます。明日午前 10 時のお約束をあ しょうち　ふくしょう　あす ごぜん　じ　やくそく さっての 10 時に変更なさりたいということでよろしいでしょうか。 じ　へんこう
山崎 やまざき	はい。
オリガ	では、田中が戻りましたら、申し伝えます。念のためそちらのお電話番号をい たなか　もど　もう　つた　ねん　でんわ ばんごう ただけますでしょうか。

山崎 <small>やまざき</small>	03 － 1234 － 5678 です。
オリガ	03 － 1234 － 5678、さくら貿易の山崎 <small>ぼうえき やまざき</small> 様ですね。 <small>さま</small>
山崎 <small>やまざき</small>	はい、そうです。
オリガ	私、オリガと申します。 <small>わたくし もう</small>
山崎 <small>やまざき</small>	では、よろしくお願いいたします。 <small>ねが</small>
オリガ	かしこまりました。
山崎 <small>やまざき</small>	では、失礼いたします。 <small>しつれい</small>

3 電話をかける・受ける

2　わかりにくい名前を聞く <small>なまえ き</small> ㉑

イー：東京商事
<small>とうきょうしょうじ</small>

江藤：第一製鉄
<small>えとう だいいちせいてつ</small>

イー	東京商事でございます。 <small>とうきょうしょうじ</small>
江藤 <small>えとう</small>	第一製鉄の江藤でございます。部長の吉田 <small>だいいちせいてつ えとう ぶちょう よしだ</small> 様いらっしゃいますか。 <small>さま</small>
イー	申し訳ございません。お名前をもう一度おっ <small>もう わけ なまえ いちど</small> しゃっていただけますでしょうか。
江藤 <small>えとう</small>	第一製鉄の江藤です。 <small>だいいちせいてつ えとう</small>
イー	第一製鉄の伊藤様でいらっしゃいますね。 <small>だいいちせいてつ いとうさま</small>
江藤 <small>えとう</small>	いえ、伊藤じゃなくて、江藤。えんぴつの「え」です。 <small>いとう えとう</small>
イー	失礼いたしました。第一製鉄の江藤様でいらっしゃいますね。少々お待ちくだ <small>しつれい だいいちせいてつ えとうさま しょうしょう ま</small> さい。

1 **A：**

社名：さくら貿易　　電話番号：03 － 1234 － 5678

ＡＢＣカンパニーの木村さんに電話をして、明日午後2時に来てもらいたいと伝えてください。木村さんがいなければ、伝言を頼んでください。

B：

社名：ＡＢＣカンパニー

上司の木村主任は、今、外出中です。
木村主任に電話がかかってきたら、伝言を聞いて内容をメモしてください。

※　P．46にあるロールカードでも練習してみましょう。

★電話メモの書き方
でんわ　　か かた
　　　　　（例）
　　　　　れい

木村主任 き むらしゅにん	← 　誰への電話か 　　だれ　　　でん わ
さくら貿易のＡ様より ぼうえき　　さま お電話（がありました）。 でん わ	← 　どこの誰からの電話か 　　　　　だれ　　　　でん わ
明日、午後２時にさくら貿 あ す　ご ご　じ 易へ来てくださいとのこと えき　き （です）。	← 　伝言の内容 　　でんごん　ないよう
Ａ様の電話番号 さま　でん わ ばんごう 　03 － 1234 － 5678	← 　相手の電話番号 　　あいて　でん わ ばんごう
10/3　10：15	← 　電話を受けた日と時間 　　でん わ　う　　ひ　じ かん
Ｂ受 うけ	← 　電話を受けた人の名前 　　でん わ　う　　ひと　な まえ

ロールカード

A …電話をかける人
でんわ　　　　ひと

B …電話を受ける人
でんわ　う　　ひと

Ⓐ①

社名…ＪＴＢ
しゃめい

電話番号…03 － 5217 － 0043
でんわばんごう

・サンライズコンピューターの川口部
かわぐちぶ

長に電話をして、来週水曜日の会
ちょう　でんわ　　　　らいしゅうすいようび　　かい

議の時間が２時から３時に変更に
ぎ　じかん　　じ　　　　じ　へんこう

なったと伝えてください。
つた

Ⓑ①

社名…サンライズコンピューター
しゃめい

・川口部長は、出張で明日までいま
かわぐちぶちょう　しゅっちょう　あす

せん。

Ⓐ②

社名…富士通
しゃめい　ふじつう

電話番号 …03 － 4761 － 9853
でんわばんごう

ファクス番号…03 － 4761 － 9855
ばんごう

・ケンコー食品の中村さんに電話をし
しょくひん　なかむら　　　　でんわ

て、商品カタログをファクスで送っ
しょうひん　　　　　　　　　　おく

てもらいたいと伝えてください。
つた

Ⓑ②

社名…ケンコー食品
しゃめい　　　しょくひん

・中村さんは、今、会議で席をはずし
なかむら　　　　いま　かいぎ　せき

ています。

Ⓐ③

社名…トヨタ自動車
しゃめい　じどうしゃ

電話番号…045 － 1296 － 3020
でんわばんごう

・東京商事の高橋さんに電話をして、
とうきょうしょうじ　たかはし　　　　でんわ

明日あなたと山下部長が 11 時ごろ
あす　　　　　やましたぶちょう　　じ

東京商事へ行くと伝えてください。
とうきょうしょうじ　い　　つた

Ⓑ③

社名…東京商事
しゃめい　とうきょうしょうじ

・高橋さんは、今日は会社を休んでい
たかはし　　　　きょう　かいしゃ　やす

ます。

練習

1 ～たら、お／ご～いたします。

AさんはBさんにていねいに言ってください。

例)

（打ち合わせが終わる）　　　　　　　　（報告する）

A：＿＿打ち合わせが終わりまし＿＿たら、＿＿ご報告いたします＿＿。

B：では、よろしく。

1)

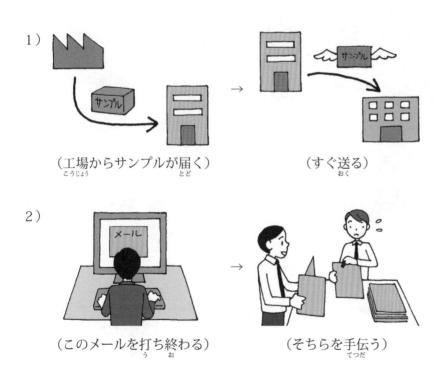

（工場からサンプルが届く）　　　　　（すぐ送る）

2)

（このメールを打ち終わる）　　　　　（そちらを手伝う）

3）

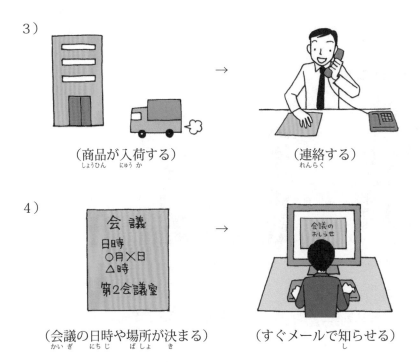

（商品が入荷する）
しょうひん　にゅうか

（連絡する）
れんらく

4）

（会議の日時や場所が決まる）
かいぎ　にちじ　ばしょ　き

（すぐメールで知らせる）
し

2　ただいま～中でございますが…。
ちゅう

川田さんは電話に出られません。電話を受けたBさんはAさんに言ってください。
かわだ　　　でんわ　で　　　　　でんわ　う　　　　　　　　　　　　い

例）
れい

（外出）
がいしゅつ

A：恐れ入りますが、川田様はいらっしゃいますか。
　　おそ　い　　　　　かわ だ さま

B：申し訳ありません。
　　もう　わけ

　　川田はただいま＿＿外出＿＿中でございますが…。
　　かわ だ　　　　　がいしゅつ　ちゅう

1）

（出張）
しゅっちょう

2）

（来客）
らいきゃく

3）

（打ち合わせ）
_{う　あ}

4）

（電話）
_{でん わ}

3　〜ていただけますでしょうか。

AさんはBさんにていねいに頼んでください。
_{たの}

例）A：申し訳ございません。　<u>お名前をもう一度教えて</u>
_{れい}　　　_{もう　わけ}　　　　_{な まえ　　いち ど おし}

　　　<u>いただけますでしょうか</u>　。

　　B：チョンです。

（お名前をもう一度教える）
_{な まえ　　いち ど おし}

1）A：恐れ入りますが、＿＿＿＿＿＿＿＿＿＿＿＿＿。
_{おそ　　い}

　　B：はい、わかりました。

（ここにお名前を書く）
_{な まえ　か}

2）A：申し訳ございませんが、＿＿＿＿＿＿＿＿＿＿。
_{もう　わけ}

　　B：わかりました。では、3時にお待ちしております。
_じ　_ま

（お約束のお時間を2時から3時にする）
_{やくそく　　じ かん　　じ　　　じ}

49

3）A：恐れ入りますが、＿＿＿＿＿＿＿＿＿＿＿＿。
　　B：わかりました。

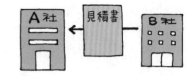

（今日中に見積もりを送る）
　きょうじゅう　みつ　　　おく

4）A：申し訳ございませんが、＿＿＿＿＿＿＿＿＿＿＿＿。
　　　もう　わけ
　　B：どうぞ。

（何か書くものを貸す）
　なに　か　　　　　か

ビジネスコラム

電話のルール　／　いつもお世話になっております

　ほかの会社の人と電話で話をする時に、「いつもお世話になっております」とあいさつをしますが、このあいさつは、初めて話す会社の人や取引のない会社の人に対しても使います。どうしてでしょうか。それは、自分はその会社のことを知らなくても、社内の誰かがどこかで、その会社の人にお世話になっているかもしれないと考えるからです。そのような謙虚な気持ちを込めて、「いつもお世話になっております」とあいさつをするのです。では、「いつもお世話になっております」と言われたら何と言いますか。「こちらこそ、いつもお世話になっております」と言います。

4 注意をする・注意を受ける
ちゅう い　　　　　ちゅう い　　う

日本で仕事をする場合、自分の国と習慣ややり方が違って上司から注意を
にほん　しごと　　　　ばあい　じぶん　くに　しゅうかん　　　　　かた　ちが　　　じょうし　ちゅうい
受けることもあります。その時、どんな態度でどのように受け答えをしたら
う　　　　　　　　　　　とき　　　　　　たいど　　　　　　　　う　こた
いいかを勉強します。
べんきょう

クイズ

１） タクシー

新入社員のダニーさんは、お客様と、上司と一緒にタクシーに乗ります。
しんにゅうしゃいん　　　　　　　きゃくさま　じょうし　いっしょ　　　　　　　　の
誰がどの席に座ったらいいでしょうか。
だれ　　　せき　すわ

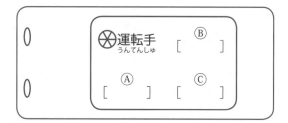

２） エレベーター

新入社員のダニーさんは、エレベーターの中で先輩と、課長と、社長と一緒になりました。
しんにゅうしゃいん　　　　　　　　　　　　　なか　せんぱい　かちょう　しゃちょう　いっしょ
誰がどこに乗ったらいいでしょうか。
だれ　　　の

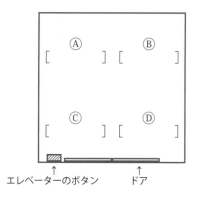

エレベーターのボタン　　　ドア

注意をする

・〜ほうがいいですよ。　　　　例）お客様と話す時、足を組まないほうがいいですよ。

・〜んじゃないかな。／〜んじゃないかと思うんですが。

　　　　　　　　　　　　　　　例）髪の毛が長すぎるんじゃないかな。

・〜と思うけど。　　　　　　　例）営業には向かないと思うけど。

苦情を言う

・〜ようなんですが…。　　　　例）請求書がまだ届いていないようなんですが。

あやまる

・申し訳ございません。／申し訳ございませんでした。

・今後／これから　気をつけます。

注意をしてくれるよう頼む

・何かお気づきの点がありましたら、おっしゃってください。

ことば

談話1 おじぎ
ふかい　深い
おきゃくさま　お客様
あしをくむ　足を組む
じみ　地味

談話2 えんきょくてき　婉曲的
コスト
みなおす　見直す
きづく　気づく
めにつく　目につく
ほうこくしょ　報告書
ちょうさ　調査
けっか　結果
グラフ
ヘアスタイル
むく　向く

談話3 くじょう　苦情
みほん　見本
とどく　届く
せいきゅうしょ　請求書
はっちゅうしょ　発注書
のうひん（する）　納品（する）
さくじつ　昨日

会話1 うなずく
あいづちをうつ
　あいづちを打つ

ごうにいっては ごうにし
たがえ　郷に入っては郷に従え
ちゅうこく　忠告

会話2 さくせい　作成

会話3 てはい　手配
まことに　誠に

練習1 ちこく　遅刻
ひょうばん　評判
かいりょう　改良
ふまん　不満
はなしあい　話し合い
けいひ　経費
むだ　無駄
しゅっぴ　出費

練習2 みつもりしょ　見積書
プリンター
せつめいしょ　説明書
おうせつしつ　応接室
はっちゅうひん　発注品
かたばん　型番

練習3 さ￢くげん（する）　削減（する）

ふ￢きゅう（する）　普及（する）

こ￢うりつ　効率

な￢っとく（する）　納得（する）

ざ￢んぎょう　残業

ゆ￢うせんじゅ￢んい　優先順位

こ￢うこく￢ひ　広告費

だ￢いだいてきに　大々的に

せ￢んでん（する）　宣伝（する）

ぐ￢たいてき　具体的

す￢うじ　数字

し￢め￢す　示す

1　注意をする・あやまる
ちゅう い

> A：ダニーさん、ちょっといいですか。
> B：はい、何でしょうか。
> 　　　　なん
> A：①おじきをする　時、②もう少し深くした　ほうがいいですよ。
> 　　　　　　　　　とき　　すこ　ふか
> B：わかりました。今後気をつけます。
> 　　　　　　　　こんご き

例) ① おじきをする　　　　　　　② もう少し深くした
れい　　　　　　　　　　　　　　　　　すこ　ふか
1) ① お客様と話す　　　　　　　② 足を組まない
　　きゃくさま　はな　　　　　　　あし　く
2) ① 他社を訪問する　　　　　　② 地味なネクタイをしめて行った
　　たしゃ　ほうもん　　　　　　　じみ　　　　　　　　い
3) ① お客様に電話をかける　　　②「もしもし」と言わない
　　きゃくさま　でんわ　　　　　　　　　　　　　　い

2　婉曲的に注意をする 23
えんきょくてき　ちゅう い

> A：森山君、①この企画、コストが高すぎる　んじゃないかな。
> 　　もりやまくん　　　きかく　　　　たか
> 　　②見直す必要がある　と思うけど。
> 　　　みなお　ひつよう　　　　おも
> B：わかりました。またお気づきの点がありましたら、おっしゃってください。
> 　　　　　　　　　　　　　き　　　　てん

例) ① この企画、コストが高すぎる　　② 見直す必要がある
れい　　　　きかく　　　　　たか　　　　　みなお　ひつよう
1) ① その靴、ちょっと汚い　　　　　② お客様の目につく
　　くつ　　　　きたな　　　　　　　　きゃくさま　め
2) ① この報告書、見にくい　　　　　② 調査結果をグラフにしたら良くなる
　　ほうこくしょ　み　　　　　　　　ちょうさけっか　　　　　　　よ
3) ① そのヘアスタイル、ちょっと長すぎる　② 営業には向かない
　　　　　　　　　　　　　　なが　　　　　えいぎょう　む

4
注意をする・
注意を受ける

A：①先日お願いした商品見本がまだ届いていない　ようなんですが…。
　　せんじつ ねが　　しょうひん み ほん　　とど

B：大変申し訳ございません。至急　②お届けいたします　。
　　たいへんもう わけ　　　　　　し きゅう　　とど

◆②は＿＿＿＿に合う形に変えてください。
　　　　　　　　　　 あ かたち か

例）① 先日お願いした商品見本がまだ届いていない
　れい　 せんじつ ねが　　しょうひん み ほん　　とど

　　② 届ける
　　　 とど

1 ）① お願いした請求書がまだ届いていない
　　　 ねが　　せいきゅうしょ　　とど

　　② 確認して電話する
　　　 かくにん　でん わ

2 ）① 発注書と違う商品が納品された
　　　 はっちゅうしょ ちが しょうひん のうひん

　　② 取り替える
　　　 と か

3 ）① 昨日までにとお約束したお返事がいただけていない
　　　 さくじつ　　　　やくそく　　へん じ

　　② 担当の者から連絡する
　　　 たんとう もの　れんらく

1 注意を受ける─あいづち─ 25

〈社内で〉

課長	ダニーさん、お客様と話す時なんだけど…。
ダニー	何でしょうか。
課長	相手の方が話していらっしゃる時、ちょっとうなずいたり、「はい」とか「ああ、そうなんですか」とか、あいづちを打ったほうがいいですよ。
ダニー	あいづち？　どうしてですか。
課長	そのほうが、相手の方が話しやすいんですよ。
ダニー	そうですか。わたしの国とは違うんですね。
課長	そう。でも、「郷に入っては郷に従え」と言うでしょ。
ダニー	ああ、そうですね。わかりました。これから気をつけます。ご忠告ありがとうございました。

4
注意をする・
注意を受ける

2 アドバイスを受ける―書類作成― 26

〈社内で〉

部長　チンさん、ちょっと。

チン　はい、何でしょうか。

部長　さっき作ってくれた資料なんだけど、この
　　　表、ちょっと小さいんじゃないかな。もう
　　　少し大きくして真ん中に持って来れば見や
　　　すくなると思うけど。

チン　わかりました。では、もう一度やってみま
　　　す。またお気づきの点があったら、言ってください。

3 苦情を受ける―サンプルの手配― 27

イー：東京商事

チン：オリエンタル商事

イー　私、東京商事のイーと申しますが、チン
　　　さんをお願いします。

チン　あ、私、チンでございます。

イー　先日お願いしたサンプルの件ですが、まだ
　　　届いていないようなんですが…。

チン　申し訳ございません。至急お調べいたします。

イー　では、お願いします。

チン　はい。誠に申し訳ございませんでした。

1 **A：**

後輩のBさんと一緒にX社を訪問しました。もうすぐX社の人が来ます。
Bさんに直したほうがいい点を注意してください。

B：

先輩のAさんと一緒にX社を訪問しました。Aさんから注意を受けます。
あやまってください。なぜだめなのかわからない場合は、Aさんに理由
を聞いてください。

2 A：

（X社社員）

Y社のBさんが送ってきた請求書に、金額の間違いがありました。

Bさんに電話をかけて、苦情を言ってください。

B：

（Y社社員）

X社のAさんから電話がかかってきます。

Aさんの話を聞いて、対応してください。

練習

1 ～（の）必要がある

Ａさん（部下）とＢさん（上司）が会社の問題について話しています。Ｂさんはａさんの話を聞いて、意見を言ってください。

例）

A

この企画はコストが
高すぎますね。

B

そうですね。<u>見直す</u>
<u>必要がありますね</u>。
（見直す）

1)

C君、このごろ遅刻
が多いですね。

そうですね。
＿＿＿＿＿＿＿。
（注意する）

2)

この新製品はあまり
評判が良くないよう
ですよ。

そうですか。
＿＿＿＿＿＿＿。
（改良）

3)

このプロジェクトに
不満を持っている人
が多いですよ。

そうですか。
＿＿＿＿＿＿＿。
（話し合い）

4)

最近経費が増えていますね。
さいきんけいひ ふ

そうですね。
_____。
（無駄な出費をなくす）
むだ しゅっぴ

2　お／ご〜いたします。

Ｂさんはａさんの話を聞いて、ていねいに答えてください。
はなし き こた

例）　Ａ：先日お願いした見積書がまだ届いていないようなん
　　　れい せんじつ ねが みつもりしょ とど
　　　　　です

が…。

　　　Ｂ：申し訳ありません。　<u>　至急お届けいたします　</u>。
　　　　もう わけ しきゅう とど

（至急届ける）
しきゅうとど

1）　Ａ：会議の日にちが決まったら、知らせてください。
　　　　かいぎ ひ き し

　　　Ｂ：わかりました。＿＿＿＿＿＿＿＿＿＿＿＿＿＿＿。

（すぐ連絡する）
れんらく

2）　Ａ：今日、御社からプリンターが届いたんですが、説
　　　　きょう おんしゃ とど せつ
　　　　明書が入っていないようなんですが…。
　　　　めいしょ はい

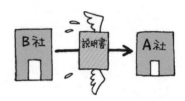

　　　Ｂ：申し訳ありません。＿＿＿＿＿＿＿＿＿＿＿＿＿＿。
　　　　もう わけ

（至急送る）
しきゅうおく

64

3）A：B君、受付からの連絡で、X社の吉田部長が見えたようです。

B：わかりました。＿＿＿＿＿＿＿＿＿＿＿＿＿＿＿＿。

（すぐ応接室に案内する）

4）A：今日御社から発注品が届いたのですが、型番が違っているようです。

B：申し訳ありません。＿＿＿＿＿＿＿＿＿＿＿＿＿。

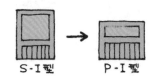

（すぐ取り替える）

3　～ば、～

Aさんは Bさんに言ってください。内容に合うものを a～dから選び、＿＿＿＿に合う形に変えてください。

例）

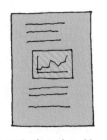

A：＿このグラフを真ん中に持って来れ＿ば、見やすくなると思いますよ。

B：そうですね。

（このグラフを真ん中に持って来る）

1）A：＿＿＿＿＿＿＿＿＿＿＿＿＿＿＿＿＿ば、経費が削減できると思いますよ。

B：そうですね。

2）A：＿＿＿＿＿＿＿＿＿＿＿＿＿＿＿＿＿ば、普及していくと思いますよ。

B：そうですね。

3）A：＿＿＿＿＿＿＿＿＿＿＿＿＿＿＿＿＿ば、仕事の効率が良くなると思いますよ。

B：そうですね。

4）A：＿＿＿＿＿＿＿＿＿＿＿＿＿＿＿＿ば、相手も納得すると思いますよ。
　　　　　　　　　　　　　　　　　あい て　　なっとく　　　おも

　　B：そうですね。

a.

（必要ではない残業を減らす）
　ひつよう　　　　　　ざんぎょう　　へ

b.

1. 見積書作成
2. ×社訪問
3. 企画書作成
4. 資料チェック

（仕事の優先順位を決める）
　し ごと　　ゆうせんじゅん い　　き

c.

新発売

（広告費を使って大々的に宣伝する）
　こうこく ひ　つか　　だいだいてき　　せんでん

d.

870.0

（具体的な数字を示す）
　ぐ たいてき　すう じ　　しめ

ビジネスコラム

ホウレンソウ

　仕事をスムーズにするためには「ホウ・レン・ソウ」が大事だとよく言われています。「ホウレンソウ」と聞くと、野菜の「ほうれんそう」だと思うかもしれませんが、ビジネスでは「報告・連絡・相談」の最初の文字を使った「報・連・相」のことです。報告や連絡、相談をする時には「5W3H」を考えて伝えることが大事です。「5W」と「3H」は英語の「When・Where・Who・What・Why」「How・How much・How many」の最初の文字から作ったもので、「いつ・どこで・誰が・何を・なぜ」「どのように・いくら・いくつ」のことです。「5W3H」を上手に使って相手に正確に伝えるようにしましょう。

5 頼む・断る
たの　　　ことわ

人にいろいろなことを頼む時には、他社の人、上司、同僚など、それぞれ
ひと　　　　　　　　　　たの　とき　　たしゃ　ひと　じょうし　どうりょう
に適した言い方があります。また、頼まれた時に断る言い方も重要です。
てき　い　かた　　　　　　　　　たの　　　とき　ことわ　い　かた　じゅうよう
この課では、相手に嫌な思いをさせたり怒らせたりしない頼み方、断り方
か　　あいて　いや　おも　　　　　　　　おこ　　　　　　　たの　かた　ことわ　かた
を勉強します。
べんきょう

クイズ 28

CDの会話を聞いてください。Bさんの答えとしていちばんいいのは1〜3のどれですか。
かいわ　き　　　　　　　　　　　　こた

1）A（上司）：イー君、午後の会議に出席してもらえないかなあ。
じょうし　　　　くん　ごご　かいぎ　しゅっせき
　　B（部下）：1.
ぶか
　　　　　　　　2.
　　　　　　　　3.

2）A（上司）：イーさん、今度の新製品開発のリーダーをやってくれませんか。
じょうし　　　　　　　こんど　しんせいひんかいはつ
　　B（部下）：1.
ぶか
　　　　　　　　2.
　　　　　　　　3.

3）A社社員：明日2時のお約束を3時にしていただけないでしょうか。
しゃしゃいん　あす　じ　　おやくそく　じ
　　B社社員：1.
しゃしゃいん
　　　　　　　2.
　　　　　　　3.

69

切り出す
き だ

・お忙しいところすみません。
いそが

・ちょっと／今　よろしいでしょうか。
　　　　　いま

前置きをする
まえ お

・すみませんが

・申し訳ないんですが
もう わけ

・悪いけど／悪いんですが
わる　　　　わる

▼参考▲　・恐れ入りますが
さんこう　　おそ い

　　　　　・お手数かけてすみませんが
　　　　　　て すう

依頼する
いらい

・〜ていただけないでしょうか。

　　　　　例）この資料に目を通していただけないでしょうか。
　　　　　れい　　しりょう　め　とお

・〜てくれませんか。

・〜てもらえないかなあ。

・〜てもらえませんか。

断る（理由を述べる）
ことわ　　りゅう　の

・〜ところなんです。　　　　例）今から打ち合わせで出かけるところなんです。
　　　　　　　　　　　　　　れい　いま　う あ　　で

・〜もので…。　　　　　　　例）あしたは友人の結婚式なもので…。
　　　　　　　　　　　　　　れい　　　　ゆうじん　けっこんしき

・〜んですが…。　　　　　　例）ちょっと難しいんですが…。
　　　　　　　　　　　　　　れい　　　　むずか

相手に合わせた依頼の表現
<ruby>相<rt>あい</rt></ruby><ruby>手<rt>て</rt></ruby>に<ruby>合<rt>あ</rt></ruby>わせた<ruby>依<rt>い</rt></ruby><ruby>頼<rt>らい</rt></ruby>の<ruby>表<rt>ひょう</rt></ruby><ruby>現<rt>げん</rt></ruby>

親しい人 （した　ひと） 部下 （ぶ　か）	～て ～てくれる ～てもらえる ～てくれない ～てもらえない ～てくれないか　（男）（おとこ）
同僚 （どうりょう） 部下 （ぶ　か）	～てほしいんですが ～てくれませんか ～てもらえませんか ～てもらいたいんですが ～てもらってもいいですか
他社の人 （たしゃ　ひと） 目上の人 （め　うえ　ひと）	～ていただきたいんですが ～てくださいませんか ～ていただけませんか ～ていただけないでしょうか ～ていただいてもよろしいですか

ことば

談話1 い￣らい（する）　依頼（する）
　　　　め￣を￣と￣おす　目を通す
　　　　い￣んかん　印鑑
　　　　チェ￣ック（する）
　　　　せ￣んぽう　先方

談話2 う￣りあげ　売り上げ
　　　　デ￣ータ
　　　　さ￣くね￣んど　昨年度
　　　　け￣っさん　決算
　　　　ファ￣イル

談話3 こ￣とわ￣る　断る
　　　　や￣く￣す　訳す
　　　　し￣めきり
　　　　い￣そぎ　急ぎ
　　　　しゅ￣っしゃ（する）　出社（する）
　　　　ゆ￣うじん　友人
　　　　み￣あい　見合い

談話4 こ￣うしょう　交渉
　　　　べ￣んきょう（する）　勉強（する）
　　　　ま￣ける

談話5 か￣んゆう　勧誘
　　　　お￣とく　お得
　　　　ほ￣けん　保険

プ￣ラン
て￣が￣は￣なせ￣ない
　　　手が離せない

練習1 で￣きあがる

練習2 しゅ￣っきん（する）　出勤（する）
　　　　にゅ￣うりょく（する）
　　　　　入力（する）
　　　　ト￣ラ￣ブル
　　　　け￣んさ　検査
　　　　ク￣レーム
　　　　さ￣ぼ￣る

練習3 し￣じ　指示
　　　　と￣いあわせ　問い合わせ
　　　　で￣んわが￣は￣いる　電話が入る
　　　　へ￣んしん（する）　返信（する）
　　　　パ￣ワーポ￣イント

1 上司に依頼する
じょうし　いらい

> A：部長、①お忘しいところすみません　　。
> ぶちょう　　いそが
> B：はい、何ですか。
> 　　　　　なん
> A：②この資料に目を通して　　いただけないでしょうか。
> 　　　　しりょう　め　とお
> B：いいですよ。

◆②は＿＿＿に合う形に変えてください。
　　　　　　　　あ　かたち　か

例）① お忘しいところすみません　　　② この資料に目を通す
れい　　　いそが　　　　　　　　　　　　　　しりょう　め　とお
1）① お忘しいところ恐れ入ります　　② この書類に印鑑を押す
　　　　いそが　　　おそ　い　　　　　　しょるい　いんかん　お
2）① ちょっとよろしいでしょうか　　② この書類をチェックする
　　　　　　　　　　　　　　　　　　　　しょるい
3）① 今よろしいでしょうか　　　　　② 先日の件で先方の部長に連絡する
　　　　いま　　　　　　　　　　　　　　せんじつ　けん　せんぽう　ぶちょう　れんらく

2 依頼されたことを確認する 30
いらい　　　　　　　かくにん

> A：イーさん、①先月の売り上げデータ　を部長に渡しておいて。
> 　　　　　　　せんげつ　う　あ　　　　　ぶちょう　わた
> B：はい。②先月のデータ　ですね。
> 　　　　　せんげつ

例）① 先月の売り上げデータ　　　　② 先月のデータ
れい　　せんげつ　う　あ　　　　　　せんげつ
1）① X社から送られてきた見積もり　② X社の見積もり
　　　しゃ　おく　　　　　　みつ　　　　しゃ　みつ
2）① 来週の会議の資料　　　　　　② 来週の資料
　　　らいしゅう　かいぎ　しりょう　　　らいしゅう　しりょう
3）① 昨年度の決算ファイル　　　　② 昨年度のファイル
　　　さくねんど　けっさん　　　　　　さくねんど

5
頼む・断る

73

3　上司の依頼を断る
じょうし　いらい　ことわ

〔1〕　**31**

> A：イーさん、すみませんが、ちょっと　①手伝って　くれませんか。
> 　　　　　　　　　　　　　　　　　　　　てつだ
> B：すみません、②今から打ち合わせで出かける　ところなんです。後でもよろしい
> 　　　　　　　　　　いま　　う　あ　　で　　　　　　　　　　　　　　　　　あと
> 　　ですか。

◆①は＿＿＿＿に合う形に変えてください。
　　　　　　　あ　かたち　か

例）①手伝う　　　　　　　　　　　②今から打ち合わせで出かける
　れい　てつだ　　　　　　　　　　　　いま　う　あ　　で
1）①コピーする　　　　　　　　　②社長に呼ばれて、今行く
　　　　　　　　　　　　　　　　　　しゃちょう　よ　　　いま い
2）①日本語に訳す　　　　　　　　②今から外出する
　　にほんご　やく　　　　　　　　　いま　がいしゅつ
3）①資料を作る　　　　　　　　　②今日しめきりの報告書を書いている
　　しりょう　つく　　　　　　　　　きょう　　　　　ほうこくしょ　か
4）①英語を教える　　　　　　　　②急ぎの資料を作っている
　　えいご　おし　　　　　　　　　　いそ　　しりょう　つく

〔2〕　**32**

> A：イーさん、悪いけど、あしたの土曜日、出社してもらえないかなあ。
> 　　　　　　　わる　　　　　　　　どようび　しゅっしゃ
> B：申し訳ありません。実はあしたは　友人の結婚式な　もので…。
> 　　もう　わけ　　　　　　じつ　　　　　　ゆうじん　けっこんしき

◆＿＿＿＿に合う形に変えてください。
　　　あ　かたち　か

例）友人の結婚式だ
　れい　ゆうじん　けっこんしき
1）子どもの運動会だ
　　こ　　　うんどうかい
2）国から母が来る
　　くに　　はは　く
3）わたしのお見合いだ
　　　　　　　み あ
4）引っ越しだ
　　ひ　こ

4 値段の交渉をする

> A：この商品、①もう少し安くして もらえませんか。
>
> B：これ以上はちょっと ②難しい んですが…。

◆_____に合う形に変えてください。

例）① もう少し安くする　　② 難しい

1）① もうちょっと勉強する　② 厳しい

2）① あと少しまける　　　② 無理だ

3）① 10万円引く　　　　② できそうにない

5 勧誘を断る 34

> A：お得な保険プランのご紹介なんですが。
>
> B：申し訳ないんですが、①今忙しい ので…。

例）① 今忙しい

1）① あまり興味がない

2）① ほかの保険に入っている

3）① 今手が離せない

1　上司に急な依頼をする―書類のチェック―
じょうし　きゅう　いらい　　　　　しょるい

〈社内で〉
しゃない

オリガ	部長、ちょっとよろしいでしょうか。
部長	何ですか。
オリガ	東京商事へ出す企画書なんですが、目を通していただけないでしょうか。
部長	いいですよ。いつまで？
オリガ	実は今日のお昼までにお願いしたいんです。
部長	ずいぶん急だね。
オリガ	申し訳ありません。先方に急に言われまして…。
部長	そうか…。実は今から出かけるところなんだよ。悪いけど、代わりに田中課長に見てもらってくれる？
オリガ	わかりました。そうします。

〈社内で〉
しゃない

部長　イーさん、来週の会議の資料を作っておい
ぶ ちょう　　らいしゅう　かい ぎ　し りょう　つく
　　　　てくれませんか。

イー　はい。来週の資料ですね。
　　　　らいしゅう　し りょう

部長　ええ。それで、悪いんですが、今日中に頼
ぶ ちょう　　　　　　　わる　　　　きょうじゅう　たの
　　　　めますか。

イー　今日中ですか。今日はちょっと…。今から
　　　きょうじゅう　　きょう　　　　　　　いま
　　　ＭＴ産業との打ち合わせで出かけるとこ
　　　さんぎょう　う　あ　　で
　　　ろなんです…。

部長　そうですか…。
ぶ ちょう

イー　明日のお昼まででもよろしいですか。
　　　あ す　　ひる

部長　わかりました。じゃあ、それでお願いし
ぶ ちょう　　　　　　　　　　　　　ねが
　　　ます。

5
頼む・断る

1 **A**：

来週の水曜日の 14：00 ～ 15：00 に、X社と新製品（どんな新製品かは自分で考えましょう）のテレビ CM について打ち合わせをします。
上司のBさんに都合を聞いて、打ち合わせに一緒に出ることを依頼してください。

B：

部下のAさんから依頼されます。
スケジュールを確認して、返事をしてください。

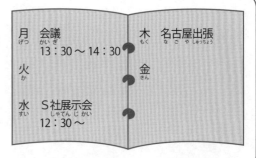

月　会議
　　13：30 ～ 14：30

火

水　S社展示会
　　12：30 ～

木　名古屋出張

金

2　A：

部下のBさんに土曜日と日曜日に出社することを依頼してください。

B：

上司から依頼されます。
スケジュールを確認して、返事をしてください。受けられない場合は、その理由も伝えてください。

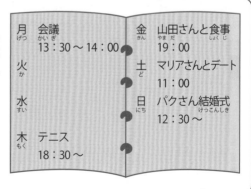

月	会議 13:30〜14:00	金	山田さんと食事 19:00
火		土	マリアさんとデート 11:00
水		日	パクさん結婚式 12:30〜
木	テニス 18:30〜		

1 〜ところです。

Ｂさんは Ａさんの質問に答えてください。言葉を＿＿＿に合う形に変えてください。

例）A：今日、X 社へ行くんですか。

    B：ええ、今から＿＿出かける＿＿ところです。

（出かける）

1）A：X 社に送る見積もりはできましたか。

    B：すみません、今＿＿＿＿＿＿＿＿＿ところです。

（作る）

2）A：研修報告書はできあがりましたか。

    B：ええ、今＿＿＿＿＿＿＿＿＿ところです。

（できあがる）

3）A：会議に出ないんですか。

    B：いえ、今から会議室へ＿＿＿＿＿＿＿ところです。

（行く）

4）A：資料、もう読み終わりましたか。
　　B：いえ、今＿＿＿＿＿＿＿＿＿ところです。

（読む）

5）A：X社にもう行ってきたんですか。
　　B：ええ、今＿＿＿＿＿＿＿＿＿ところです。

（帰って来る）

2　実は〜んです。

BさんはAさんの質問に対して、適当な答えをa〜dから選び、「〜んです」の形で答えてください。

例)

（月曜までにデータを入力して
おかなければなりません）

A：あしたの土曜も出勤ですか。

B：ええ、実は＿月曜までにデータを入力しておかな
　　ければならないんです＿。

1）A：何かトラブルがあったんですか。

　　B：ええ、実は＿＿＿＿＿＿＿＿＿＿＿＿＿＿＿。

2）A：今日、課長に怒られていましたね。

　　B：ええ、実は＿＿＿＿＿＿＿＿＿＿＿＿＿＿＿。

3）A：あした、休むんですか。

　　B：ええ、実は＿＿＿＿＿＿＿＿＿＿＿＿＿＿＿。

4）A：朝から忙しそうですね。

　　B：ええ、実は＿＿＿＿＿＿＿＿＿＿＿＿＿＿＿。

a. （病院へ検査に行きます）

b. （X社からクレームの電話
がかかってきました）

c. （明日までに見積書を5つ
作らなければなりません）

d. （喫茶店でさぼっていると
ころを見つかりました）

3　〜に〜てもらってください。

Bさん（上司）はAさん（部下）の話を聞いて、指示をしてください。

例）A：この企画書に目を通していただけないでしょうか。

B：今から出かけるところなので、
　　<u>林課長に見てもらってください</u>。

（林課長・見る）

1）A：うちの製品について問い合わせのお電話が入って
　　いるんですが。

B：今から会議が始まるので、＿＿＿＿＿＿＿＿＿＿。

（ジョンさん・電話に出る）

2）A：この資料は英語で書かれていますが。

　　B：じゃ、＿＿＿＿＿＿＿＿＿＿＿＿＿＿。

　　　　　　　　　　（ジョンさん・翻訳する）

3）A：X社の佐々木課長が見えましたが。

　　B：じゃ、すぐに＿＿＿＿＿＿＿＿＿＿＿＿。

　　　　　　（鈴木さん・お茶を応接室へ持って行く）

4）A：シカゴのX社から製品について問い合わせのメールが来ています。

　　B：じゃ、すぐに＿＿＿＿＿＿＿＿＿＿＿＿。

　　　　　　　　　　（ジョンさん・返信する）

5）A：パワーポイントの使い方がわからないんですが。

　　B：高橋さんが詳しいから、＿＿＿＿＿＿＿＿。

　　　　　　　　　　（高橋さん・教える）

ビジネスコラム

新入社員のタイプ　／　今年は何型？
　しんにゅうしゃいん　　　ことし　なにがた

　日本では毎年、その年の新入社員の特徴を調査し、タイプを発表し
　にほん　まいとし　　　とし　しんにゅうしゃいん　とくちょう　ちょうさ　　　　　　　　はっぴょう
ている機関※があります。
　　　きかん
例えば、
たと

◎「デイトレーダー型」
　　　　　　　　　がた
　インターネットを使って自分にとってのいい情報を集めることが
　　　　　　　　　　つか　じぶん　　　　　　じょうほう　あつ
上手である。株の情報を調べるように、いつもいい待遇の仕事を探し
じょうず　　　かぶ　じょうほう　しら　　　　　　　　　　　たいぐう　しごと　さが
ているので、仕事が見つかったらすぐに会社を辞めてしまう。また情
　　　　　　しごと　み　　　　　　　　　　かいしゃ　や　　　　　　　　　じょう
報を集めることは上手だが、情報に流されやすい。
ほう　あつ　　　　　　じょうず　　　じょうほう　なが
◎「カーリング型」
　　　　　　　がた
　氷の上にブラシをかけるように、仕事のしやすい環境を作ってもら
　こおり　うえ　　　　　　　　　　　しごと　　　　　　かんきょう　つく
えばたくさん働く。しかし、ブラシをかけ続けてもらわないと働かない。
　　　　　はたら　　　　　　　　　　　　　つづ　　　　　　　はたら

　そのほか、「パンダ型」や「お子様ランチ型」などもあります。昔か
　　　　　　　　がた　　こさま　　　　がた　　　　　　　　むかし
ら会社にいる人は、新入社員の年齢がとても若いと、どのように一緒
　かいしゃ　ひと　しんにゅうしゃいん　ねんれい　　　わか　　　　　　　　いっしょ
に仕事をしたらいいかわかりません。そのため新入社員のタイプを確
　しごと　　　　　　　　　　　　　　　　しんにゅうしゃいん　　　　　たし
かめてから、つきあい方を決める上司もいるそうです。あなたはどん
　　　　　　　　かた　き　じょうし
なタイプの社員でしょうか。
　　　　しゃいん

※（財）日本生産性本部「職業のあり方研究会」
　ざい　にほんせいさんせいほんぶ　しょくぎょう　　かたけんきゅうかい

6

許可をもらう
きょか

仕事では、上司や同僚、時には他社の人にも許可をもらわなければならな
しごと　　　じょうし　どうりょう　とき　　　たしゃ　ひと　　きょか
いことがたくさんあります。どのように言ったら許可をもらいやすいでしょ
　　　　　　　　　　　　　　　　　　　　い　　　　きょか
うか。この課では、許可をもらうのにふさわしい言い方を勉強します。
　　　　か　　　　きょか　　　　　　　　　　　　　い　かた　べんきょう

クイズ **37**

CDを聞いて書いてください。
リムさんが言います。それをするのはリムさんですか、キャメロンさんですか。
　　　　い

例) れい	リム								
1)		2)		3)		4)		5)	
6)		7)		8)		9)		10)	

許可を求める
きょか　もと

・～たいんですが、よろしいでしょうか。

　　　例）早退したいんですが、よろしいでしょうか。
　　　　れい　そうたい

・～（さ）せていただきたいんですが、よろしいでしょうか。

　　　例）社用車を使わせていただきたいんですが、よろしいでしょうか。
　　　　れい　しゃようしゃ　つか

・～（さ）せていただいてもよろしいでしょうか。

　　　例）手元にないので、後ほどファクスさせていただいてもよろしいでしょうか。
　　　　れい　てもと　　　　　　　のち

▶参考◀　・～てもよろしいでしょうか。
　さんこう
　　　　　・～（さ）せていただけませんか。

ことば

談話1　き￢ょ￢か　許可
　　　も￢と￢める　求める
　　　ず￢つうがする　頭痛がする
　　　が￢いしゅつさき　外出先
　　　ちょ￢っき（する）　直帰（する）
　　　〜ご￢ろ
　　　ゆ￢うきゅう　有休
　　　しゃ￢よ￢うしゃ　社用車
　　　こ￢うつうのべ￢ん　交通の便
　　　しゅ￢っせき￢しゃ　出席者
　　　ビ￢ジネスマ￢ナー
　　　し￢ど￢うしゃ　指導者
　　　さ￢んか（する）　参加（する）
　　　し￢んじん　新人
　　　こ￢うかてき　効果的
　　　し￢どうほう　指導法
　　　デ￢ザ￢イン

談話2　て￢もと　手元
　　　ご￢うどうセミナー　合同セミナー
　　　プ￢ロジェ￢クター
　　　て￢いあん（する）　提案（する）
　　　じ￢かい　次回
　　　ミ￢ーティング
　　　ざ￢いこ　在庫

会話1　ね￢つっぽ￢い　熱っぽい
　　　は￢か￢る　測る
　　　〜ど〜ぶ　〜度〜分

会話2　か￢なり
　　　と￢おま￢わり　遠回り

会話3　て￢んじ￢かい　展示会

練習1　ウ￢イ￢ルス
　　　か￢んせん（する）　感染（する）
　　　し￢んにゅうしゃ￢いん　新入社員
　　　な￢きだ￢す　泣き出す
　　　み￢あたらない　見当たらない

練習2　き￢そく　規則
　　　き￢んむじ￢かん　勤務時間
　　　た￢いしょくね￢がい　退職願い
　　　て￢いしゅつ（する）　提出（する）
　　　ゆ￢うきゅうきゅ￢うか　有給休暇
　　　け￢んこうか￢んり　健康管理
　　　きゅ￢うよ　給与
　　　し￢きゅう（する）　支給（する）
　　　ボ￢ーナス
　　　きゅ￢うりょう　給料

1 上司に許可を求める
じょうし　きょか　もと

〔1〕 38

> A：部長、あのう、①早退し　たいんですが、よろしいでしょうか。
> 　　ぶちょう　　　　そうたい
> B：どうしたの？
> A：②ちょっと頭痛がする　んです。
> 　　　　　　ずつう
> B：わかりました。

◆_____に合う形に変えてください。
　　　あ　かたち　か

例）① 早退する　　　　　　　② ちょっと頭痛がする
　　れい　そうたい

1）① 明日 11 時に出社する　　② 9時からさくら貿易で打ち合わせだ
　　　あす　　じ　しゅっしゃ　　　　じ　　　　　　ぼうえき　う　あ

2）① 明日休む　　　　　　　　② 母が入院する
　　　あす やす　　　　　　　　はは　にゅういん

3）① 今日外出先から直帰する　② さくら貿易での打ち合わせが7時ごろま
　　　きょう がいしゅつさき　ちょっき　　　ぼうえき　　う　あ　　じ
　　　　　　　　　　　　　　　　でかかりそうだ

4）① あしたから1週間有休をもらう　② 父が病気なので、帰国したい
　　　　　　　しゅうかんゆうきゅう　　　　　　　ちち びょうき　　　　きこく

〔2〕 **39**

A：課長、①<u>社用車を使わせて</u>　いただきたいんですが、よろしいでしょうか。
　（か ちょう　　しゃようしゃ　つか）

B：どうして？

A：②<u>MT 産業へ行く</u>　んですが、③<u>交通の便が悪い</u>　んですよ。
　（さんぎょう　い）　　　　　（こうつう　べん　わる）

B：そうですか。わかりました。

◆①は＿＿＿＿に合う形に変えてください。
　　　　　　　（あ　かたち　か）

例）①社用車を使う　　　　②MT 産業へ行く　　　　③交通の便が悪い
　（れい）（しゃようしゃ　つか）　（さんぎょう　い）　　　（こうつう　べん　わる）

1）①6階の会議室を使う　　　　②MT 産業の高橋部長が急にいらっしゃる
　　　（かい　かいぎしつ　つか）　　　（さんぎょう　たかはし ぶちょう　きゅう）
　　③応接室は予約が入っている
　　　（おうせつしつ　よやく　はい）

2）①A会議室を使う　　　　②3時から会議がある
　　　（かいぎしつ　つか）　　　（じ　かいぎ）
　　③出席者が多くてB会議室では入らない
　　　（しゅっせきしゃ　おお　　かいぎしつ　はい）

3）①ビジネスマナー指導者研修に参加する
　　　（しどうしゃけんしゅう　さんか）
　　②新人研修の担当になった
　　　（しんじんけんしゅう　たんとう）
　　③効果的な指導法がわからない
　　　（こうかてき　しどうほう）

4）①明日の営業会議に出席する　　②新製品のデザインを決めなければならない
　　　（あす　えいぎょうかいぎ　しゅっせき）　　（しんせいひん　き）
　　③営業課長と意見が合わない
　　　（えいぎょうかちょう　いけん　あ）

2　他社の人に許可を求める　**40**
　（たしゃ　ひと　きょか　もと）

6
許可をもらう

A：①<u>会場までの地図</u>　なんですが、②<u>手元にないので、後ほどファクスさせて</u>　い
　（かいじょう　ちず）　　　　　（てもと　　　　　のち）
　ただいてもよろしいでしょうか。

B：ええ、いいですよ。

◆②は＿＿＿＿に合う形に変えてください。
　　　　　　　（あ　かたち　か）

例）①会場までの地図　　　　②手元にないので、後ほどファクスする
　（れい）（かいじょう　ちず）　　（てもと　　　　　のち）

1）①合同セミナーの件　　　　②御社のプロジェクターを使う
　　　（ごうどう　けん）　　　　（おんしゃ　つか）

2）①新企画のご提案　　　　②企画書を送る
　　　（しんきかく　ていあん）　　（きかくしょ　おく）

3）①次回のミーティングの日時　②こちらで決める
　　　（じかい　にちじ）　　　　（き）

4）①新製品のサンプルの件　　②在庫がないので、来週送る
　　　（しんせいひん　けん）　　（ざいこ　らいしゅうおく）

1　早退する
そうたい

〈社内で〉
しゃない

ブラウン	部長、午後早退したいんですが、よろしいでしょうか。
部長	どうしたの？
ブラウン	どうも熱っぽくて…。それで、さっき熱を測ったら、38度7分あって。
部長	そう。それは大変だ。風邪かね。
ブラウン	ええ、たぶんそうだと思います。
部長	そう。じゃ、今日はすぐ帰って休んだほうがいいよ。
ブラウン	ええ、そうします。あしたは大丈夫だと思いますので。申し訳ありません。

2 社用車を借りる 42

〈社内で〉

ダニー	課長、今日会社の車を使わせていただきたいんですが…。
課長	どうして？
ダニー	MT産業へ行くもので…。
課長	ああ、あそこは地下鉄だとかなり遠回りになってしまうのよね。
ダニー	そうなんですよ。
課長	何時から？
ダニー	３時です。
課長	３時ね。 （スケジュールを確認する） ああ、２時半から部長がお使いになることになっているわね。
ダニー	じゃ、無理ですね。
課長	そうね。

6 許可をもらう

チン：オリエンタル商事
　　　　　　　　しょうじ

木村：ＡＢＣカンパニー
きむら

チン	お電話替わりました。チンでございます。 でんわか
木村 きむら	ああ、チンさんですか。明日の展示会の会 あす　てんじかい　かい 場ですが、実は場所がよくわからないんで じょう　じつ　ばしょ すよ。
チン	そうですか。会場までの地図はお持ちですか。 かいじょう　　　ちず　も
木村 きむら	あるんですが、ちょっとわかりにくくて…。 それで、詳しい地図をお持ちでしたら送っ くわ　ちず　も　　　　　　おく ていただけないでしょうか。
チン	かしこまりました。今、手元にないので、後 いま　てもと　　　　　のち ほどファクスさせていただいてもよろしい でしょうか。
木村 きむら	ええ、いいですよ。よろしくお願いします。 ねが
チン	承知しました。では、明日、会場でお待ち しょうち　　　　あす　かいじょう　ま しています。

1 **A：**

今日は体の調子が悪いので、会社を休みたいです。
上司のBさんに電話をかけて、許可をもらってください。

B：

部下のAさんから電話がかかってきます。
Aさんの話を聞いて、返事をしてください。

6

許可をもらう

2 **A：**

（X社社員）
しゃしゃいん

Y社との合同会議の時にY社のBさんが持っていた資料をコピーした
しゃ ごうどうかいぎ とき しゃ も しりょう
いと思います。
おも

Bさんにコピーの許可をもらってください。
きょか

B：

（Y社社員）
しゃしゃいん

X社のAさんから依頼されます。
しゃ いらい

Aさんの話を聞いて、返事をしてください。
はなし き へんじ

1 ～たら、～て…。

Ｂさんはａさんの質問に答えてください。
_{しつもん こた}

例）Ａ：どうしたんですか。
_{れい}

　　Ｂ：　<u>さっき熱を測ったら、38度２分あって</u>　…。
_{ねつ はか ど ぶ}

　　Ａ：ええっ、大丈夫ですか。
_{だいじょうぶ}

（熱を測る・38度２分ある）
_{ねつ はか ど ぶ}

１）Ａ：どうしたんですか。

　　Ｂ：＿＿＿＿＿＿＿＿＿＿＿＿＿＿＿…。

　　Ａ：それは大変ですね。
_{たいへん}

（メールを開く・ウイルスに感染してしまった）
_{ひら かんせん}

２）Ａ：どうしたんですか。

　　Ｂ：＿＿＿＿＿＿＿＿＿＿＿＿＿＿＿…。

　　Ａ：すぐ先方に連絡したほうがいいですよ。
_{せんぽう れんらく}

（Ｘ社から届いた商品を確認する・壊れていた）
_{しゃ とど しょうひん かくにん こわ}

6

許可をもらう

３）Ａ：どうしたんですか。

　　Ｂ：＿＿＿＿＿＿＿＿＿＿＿＿＿＿＿…。

　　Ａ：それは大変でしたね。
_{たいへん}

（新入社員に注意をする・泣き出してしまった）
_{しんにゅうしゃいん ちゅうい な だ}

4）A：どうしたんですか。

B：＿＿＿＿＿＿＿＿＿＿＿＿＿＿＿…。

A：えっ、それは大変ですね。

（会議室へ行く・準備した資料が見当たらない）
　　かいぎしつ　い　じゅんび　　しりょう　みあ

5）A：どうしたんですか。

B：＿＿＿＿＿＿＿＿＿＿＿＿＿＿＿…。

A：それは大変ですね。
　　　　　たいへん

（部長のところへ行く・
　ぶちょう　　　　　　い

ロンドンに転勤するように言われる）
　　　　　てんきん　　　　　　い

2　～ことになっています。

Aさんは新入社員です。会社の規則がわからないので、先輩のBさんに質問します。
　　しんにゅうしゃいん　　かいしゃ　きそく　　　　　　　　　　せんぱい　　　　しつもん
Bさんは自分のメモを見て、＿＿＿＿に合う形で答えてください。
　　　　じぶん　　　　み　　　　　　あ　かたち　こた

規則
きそく

・勤務時間：午前9時～午後5時半
　きんむじかん　ごぜん　じ　ごご　じはん
・有給休暇：入社1年目　　11日
　ゆうきゅうきゅうか　にゅうしゃ　ねんめ　　にち
　　　　　　2～4年目　　15日
　　　　　　　ねんめ　　　にち
　　　　　　5年目から　　20日
　　　　　　ねんめ　　　　はつか
・給与　　：毎月25日に支給
　きゅうよ　　まいつき　にち　しきゅう
・ボーナス：年3回　　3月（0.5か月）
　　　　　　ねん　かい　がつ　　　　げつ
　　　　　　　　　　6月（1.5か月）
　　　　　　　　　　がつ　　　　げつ
　　　　　　　　　　12月（2.5か月）
　　　　　　　　　　がつ　　　　げつ

・退職　　：退職日の30日前ま
　たいしょく　たいしょくび　　にちまえ
　　　　　　でに「退職願い」を
　　　　　　　　たいしょくねがい
　　　　　　上司に提出
　　　　　　じょうし　ていしゅつ
・健康管理：毎年1回以上の健康
　けんこうかんり　まいとし　かいいじょう　けんこう
　　　　　　診断を受ける
　　　　　　しんだん　う

例）A：給料は何日に支給されますか。

B：＿＿毎月 25 日に支給される＿＿ことになっています。

1）A：毎朝、何時に出勤しなければなりませんか。

B：＿＿＿＿＿＿＿＿＿＿＿＿＿＿＿ことになっています。

2）A：ボーナスは何月にもらえますか。

B：＿＿＿＿＿＿＿＿＿＿＿＿＿＿＿ことになっています。

3）A：入社1年目の社員はどのぐらい有休が取れますか。

B：＿＿＿＿＿＿＿＿＿＿＿＿＿＿＿ことになっています。

4）A：毎年、健康診断を受けなければなりませんか。

B：はい、＿＿＿＿＿＿＿＿＿＿＿＿ことになっています。

5）A：会社を辞める時は、何日前までに退職願いを出さなければなりませんか。

B：＿＿＿＿＿＿＿＿＿＿＿＿＿＿＿ことになっています。

ビジネスコラム

- -

日本人の労働時間
にほんじん　ろうどうじかん

　日本人が1年間に働く時間は1,800時間ぐらいだと言われています。
にほんじん　ねんかん　はたら　じかん　　　　　　　　　じかん　　　　　　い

アメリカと同じぐらいですが、フランスやドイツと比べると400時間
おな　　　　　　　　　　　　　　　　　　　　　　　くら　　　　　　じかん

ぐらい長いようです。日本のビジネスマンは海外のビジネスマンに
なが　　　　　　にほん　　　　　　　　　　　かいがい

「休日より仕事のほうが好き」などと言われることがあります。
きゅうじつ　しごと　　　　す　　　　　　い

　以前は、働きすぎて死んでしまうという「過労死」が社会の大きい
いぜん　はたら　　　し　　　　　　　　　かろうし　　しゃかい　おお

問題になったこともあります。しかし、最近では残業をしないで早く
もんだい　　　　　　　　　　　　　　さいきん　ざんぎょう　　　　　　　はや

帰る「ノー残業デー」を作る企業も多くなり、労働時間は以前より
かえ　ざんぎょう　　つく　きぎょう　おお　　　ろうどうじかん　いぜん

短くなってきているようです。
みじか

98

7 アポイントをとる

仕事で初対面の人に会ったり、ほかの会社を訪問したりする時には、必ず
先に電話などでアポイントをとります。この課では、自社の人や他社の人に
アポイントをとる方法を勉強します。

クイズ 44

CD の会話を聞いて書いてください。

ダニーさんは、a 誰と、b いつ、c どこで会う、d 何をしますか。

	a. 誰と	b. いつ	c. どこで会う	d. 何をする
1）				
2）				
3）				

許可を求める
きょか　　もと

・～謙譲語（さ）せていただきたいと思いまして。
　　けんじょうご

　　　　例）お目にかからせていただきたいと思いまして。
　　　　　　め　　　　　　　　　　　　　　　　おも

・お目にかかる機会をいただけないかと思いまして。
　　め　　　　　き かい　　　　　　　　　　おも

・～（さ）せていただけないでしょうか。

　　　　例）来週後半に変更させていただけないでしょうか。
　　　　れい　らいしゅうこうはん　へんこう

▼参考◢　・～ていただけないかと思いまして。
　さんこう　　　　　　　　　　　　　　おも

提案する
ていあん

・～はいかがでしょうか。

　　　　例）３日はいかがでしょうか。
　　　　れい　みっか

ことば

談話1 ア￣ポ￣イントを　と￣る
こ￣うこくせ￣んりゃく　広告戦略
りょ￣ひ　旅費
は￣んばい　販売

談話2 は￣つばい（する）　発売（する）
ほ￣んじつ　本日
みょ￣うご￣にち　明後日

談話3 め￣んしきが　あ￣る　面識がある
さ￣っそく　早速
わ￣たくしども　私ども
ち￣か￣いうち　近いうち
か￣いせつ　開設
き￣んじつちゅう　近日中
し￣んき　新規
じ￣ぎょう　事業
と￣り￣ひき　取引
ち￣かぢか　近々

談話4 こ￣うはん　後半
き￣んきゅう　緊急
か￣いぎが　は￣いる　会議が入る
た￣いちょうを　く￣ず￣す
　　体調を崩す

会話1 し￣りあい　知り合い

会話2 ア￣ポ
ど￣うこう（する）　同行（する）
よ￣ていが　は￣いる　予定が入る
じ￣かんを　と￣る　時間をとる

会話3 か￣って　勝手

練習1 よ￣うけん　用件

練習2 あ￣らため￣る　改める
け￣っこうです
け￣んとう（する）　検討（する）
ぼ￣しゅう　募集

7 アポイントを
とる

1　自社の人にアポイントをとる　45
じしゃ　ひと

> A：部長、①広告戦略のことで　②ご相談があるんですが、
> ぶちょう　こうこくせんりゃく　そうだん
> ちょっとお時間いただけないでしょうか。
> じかん
> B：③水曜日の午前中ならいいですよ。
> すいようび　ごぜんちゅう
> A：はい。では、よろしくお願いいたします。
> ねが

◆②は_____に合う形に変えてください。
あ　かたち　か

例）①広告戦略　　　②相談　　　　　③水曜日の午前中
れい　こうこくせんりゃく　そうだん　　すいようび　ごぜんちゅう
1）①出張旅費　　　②相談　　　　　③明日の午後
しゅっちょうりょひ　そうだん　　あす　ごご
2）①デザイン　　　②相談　　　　　③来週
そうだん　　らいしゅう
3）①販売時期　　　②話　　　　　　③あさって
はんばいじき　はなし
4）①商品在庫　　　②報告　　　　　③金曜日
しょうひんざいこ　ほうこく　　きんようび

2　他社の人にアポイントをとる
たしゃ　ひと

〔1〕許可を求める　46
きょか　もと

> A：このたび、新製品を発売することになりましたので、ぜひ　お目にかからせて
> しんせいひん　はつばい　め
> いただきたいと思いまして。
> おも
> B：いいですよ。
> A：ありがとうございます。

◆_____に合う形に変えてください。＊は特別な形の敬語を使います。
あ　かたち　か　　とくべつ　かたち　けいご　つか
例）会う＊
れい　あ
1）ご意見を聞く＊　　　　　　2）話す
いけん　き　　　　　　　　　はな
3）説明する　　　　　　　　　4）紹介する
せつめい　　　　　　　　　　しょうかい

〔2〕提案する　47

> A：＿＿3日＿＿はいかがでしょうか。
> B：いいですよ。では、＿＿3日＿＿ということで、お待ちしております。

例）3日
1）火曜日の午前中　　　　　　2）明日の午後
3）本日3時　　　　　　　　　4）明後日

3　面識のない人にアポイントをとる　48

> A：吉田様でいらっしゃいますか。初めてお電話させていただきます。私、ＡＢＣ
> カンパニーの中野様のご紹介でお電話いたしました第一製鉄のブラウンと申し
> ます。
> B：あ、ブラウン様ですね。お待ちしておりました。
> A：ありがとうございます。早速ですが、①私どもの製品のご紹介　で　②近いうち
> に　お目にかかる機会をいただけないかと思いまして…。
> B：けっこうですよ。

例）① 私どもの製品のご紹介　　　　②近いうちに
1）①事務所開設のごあいさつ　　　②近日中に
2）①新規事業のご案内　　　　　　②ご都合のいい時に
3）①コスト削減のプランのご提案　②今週中に
4）①御社との新規お取引のお願い　②近々

7
アポイントをとる

4　約束を変更する　49
やくそく　へんこう

> A：先日お約束しました　①木曜日　の件なんですが、実は、②急に出張することに
> せんじつ　やくそく　もくようび　けん　じつ　きゅう　しゅっちょう
> なりまして　…。
> B：そうですか。
> A：誠に申し訳ございませんが、③来週後半　に変更させていただけないでしょうか。
> まこと　もう　わけ　らいしゅうこうはん　へんこう
> B：わかりました。

◆②は＿＿＿に合う形に変えてください。
　　　　　　あ　かたち　か

例）① 木曜日　　　　　　② 急に出張することになった
　れい　もくよう び　　　　　きゅう　しゅっちょう
　　③ 来週後半
　　らいしゅうこうはん

1）① 今日の午後　　　　② 緊急の会議が入ってしまった
　　きょう　ご ご　　　　きんきゅう　かい ぎ　はい
　　③ 明日
　　あす

2）① 弊社ご訪問　　　　② 担当の者が体調を崩してしまった
　　へいしゃ　ほうもん　　たんとう　もの　たいちょう　くず
　　③ 来週
　　らいしゅう

3）① 今日の打ち合わせ　② 一緒に伺わせていただく上司の都合が悪くなった
　　きょう　う あ　　　いっしょ　うかが　　　じょうし　つごう　わる
　　③ 明後日の午前中
　　みょう ご にち　ご ぜんちゅう

1　知り合いに紹介してもらった人にアポイントをとる　50
　　し　あ　　しょうかい　　　　　　　ひと

ブラウン：第一製鉄
　　　　　だいいちせいてつ

山崎：さくら貿易
やまざき　　　ぼうえき

受付 うけつけ	さくら貿易でございます。 　　ぼうえき
ブラウン	私、第一製鉄のブラウンと申しますが、 わたくし　だいいちせいてつ　　　　　　　もう 第2営業部の山崎さんいらっしゃいま だい　えいぎょうぶ　やまざき すか。
受付 うけつけ	少々お待ちください。 しょうしょう　ま

山崎 やまざき	はい、山崎です。 　　　やまざき
ブラウン	初めてお電話させていただきます。 はじ　　でん わ 　私、ABCカンパニーの中野様のご紹 わたくし　　　　　　　　　なか の さま　　しょう 介でお電話いたしました第一製鉄のブ かい　　でん わ　　　　　　　だいいちせいてつ ラウンと申します。 　　　　もう
山崎 やまざき	あ、第一製鉄のブラウンさんですか。中 　　だいいちせいてつ　　　　　　　　　　なか 野部長から伺っていますよ。お電話お の ぶ ちょう　　うかが　　　　　　　　　でん わ 待ちしていました。 ま

ブラウン	ありがとうございます。実は私どもの 　　　　　　　　　　　　　じつ　わたくし 新製品のことでぜひ一度お目にかから しんせいひん　　　　　　いち ど　め せていただきたいと思いまして…。 　　　　　　　　　おも
山崎 やまざき	いいですよ。

7　アポイントをとる

105

ブラウン	ありがとうございます。では、早速ですが、来週の木曜日はいかがでしょうか。
山崎 やまざき	来週の木曜日ですね。午後1時ではいかがですか。
ブラウン	はい、けっこうです。では、来週の木曜日1時に伺わせていただきますので、よろしくお願いいたします。
山崎 やまざき	はい、お待ちしております。
ブラウン	では、失礼いたします。
山崎 やまざき	失礼いたします。

2　上司の都合を聞く　51
じょうし　つごう　き

〈社内で〉
しゃない

ブラウン	部長、ちょっとよろしいですか。
部長 ぶちょう	何ですか。
ブラウン	来週の木曜日にさくら貿易とアポがとれましたので同行していただきたいんですが。
部長 ぶちょう	あっ、ごめん。木曜日は急に予定が入ってしまって…。金曜日なら時間がとれるんだけど。
ブラウン	それでは、金曜の午後でよろしいですか。
部長 ぶちょう	いいですよ。
ブラウン	では、先方に変更できるかどうか聞いてみます。
部長 ぶちょう	よろしく。

ブラウン：第一製鉄
だいいちせいてつ

山崎：さくら貿易
やまざき ぼうえき

ブラウン	第一製鉄のブラウンでございますが、 だいいちせいてつ 山崎さん、誠に申し訳ございません。 やまざき まこと もう わけ 実はお約束した木曜日の件なんです じつ やくそく もくよう び けん が、一緒に伺わせていただく上司の都 いっしょ うかが じょうし つ 合が悪くなってしまいまして…。 ごう わる
山崎 やまざき	ああ、そうですか。
ブラウン	それで、金曜日に変更させていただけ きんよう び へんこう ないでしょうか。
山崎 やまざき	そうですか。では、22日金曜日の1時 にちきんようび じ でいいですか。
ブラウン	けっこうです。勝手なことを申しまし かって もう て、本当に申し訳ございません。 ほんとう もう わけ では、よろしくお願いいたします。 ねが

7 アポイントをとる

1 **A** :
来週、Ｘ社を訪問するつもりです。上司にも同行してもらいたいと考えています。

上司に同行の依頼をして、来週の都合を聞いてください。

B :
部下のＡさんから依頼されます。

スケジュールを確認して、返事をしてください。

月 外出	木 会議
10:00～15:00	13:00～16:00
火	金
水 来客	
14:00～15:00	

2

A：

（X社社員）
上司の都合がいい日にY社のBさんを訪問したいと思います。

Y社に電話をかけて、アポイントをとってください。

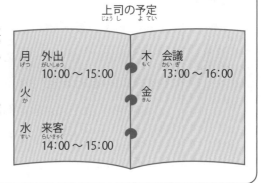

上司の予定

月	外出 10:00～15:00	木	会議 13:00～16:00
火		金	
水	来客 14:00～15:00		

B：

（Y社社員）
X社のAさんから電話がかかってきます。

Aさんの話を聞いて、返事をしてください。

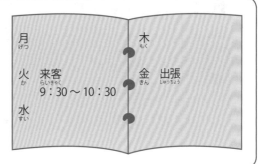

月		木	
火	来客 9:30～10:30	金	出張
水			

3 **A：**

（X社社員）

Y社のBさんを水曜日に訪問する予定でしたが、一緒に行く上司の都合が悪くなってしまいました。Y社に電話をかけて、約束を変更してもらってください。

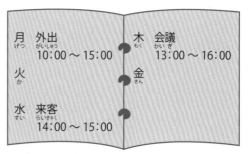

上司の予定

月	外出 10:00〜15:00	木	会議 13:00〜16:00
火		金	
水	来客 14:00〜15:00		

B：

（Y社社員）

X社のAさんから電話がかかってきます。

Aさんの話を聞いて、会話をしてください。

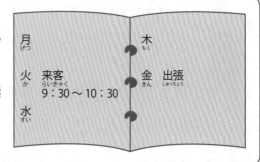

月		木	
火	来客 9：30〜10：30	金	出張
水			

1 ～（さ）せていただけないかと思いまして。

Y社のBさんは、X社のAさんに電話をかけます。BさんはAさんにていねいに許可を求めてください。言葉を＿＿＿＿に合う形に変えてください。

例）

A：どんなご用件でしょうか。

B：実は、＿新製品のことで一度お目にかからせて＿
　　いただけないかと思いまして。

（新製品のことで一度お目にかかる）

1）

（新しく御社を担当する者と一緒
にごあいさつに伺う）

2）

（御社の工場を拝見する）

3）

（弊社の販売計画をご説明する）

4）

（弊社の新製品についてご紹介する）

7 アポイントをとる

2 ～（の）件
<ruby>件<rt>けん</rt></ruby>

X社のAさんは、Y社のBさんに電話をかけます。AさんはBさんに用件を伝えてください。言葉を＿＿＿に合う形に変えてください。

例）A：先日お約束しました＿木曜日の＿件なんですが、急に出張することになりまして…。

B：そうですか。では、日を改めましょう。

（木曜日）

1）A：昨日お電話で＿＿＿＿＿＿＿＿件なんですが、もう2、3日検討するお時間をいただけますでしょうか。

B：はい、けっこうです。早速、ご検討いただきありがとうございます。 （ご提案いただく）

2）A：御社の＿＿＿＿＿＿＿件で、ちょっとお聞きしたいことがあるんですが。

B：はい、何でしょうか。

（社員募集）

3）A：昨日メールで＿＿＿＿＿＿＿件で、お電話させていただいたんですが、いかがでしょうか。

B：ああ、その件ですが…。実は上司が明日まで出張しておりまして、まだ検討させていただいていないんです。 （お願いする）

4）A：来月弊社の研修生が御社の工場を＿＿＿＿＿＿＿＿
らいげつへいしゃ　けんしゅうせい　おんしゃ　こうじょう

件でお伺いしたいことがありまして…。
けん　　うかが

B：はい、どんなことでしょうか。

（見学させていただく）
けんがく

5）A：御社との＿＿＿＿＿＿＿＿件で打ち合わせをした
おんしゃ　　　　　　　　けん　う　あ

いと思いまして…。
おも

B：そうですね。いつごろにいたしましょうか。

（合同セミナー）
ごうどう

7
アポイントをとる

113

ビジネスコラム

飛び込み
<small>とこ</small>

　ビジネスで他社を訪問する時、まず、アポイントをとるのが、いちばんていねいなやり方です。しかし、営業の仕事ではアポイントをとらないで突然訪問することがあります。その理由は、なるべく営業のアポイントを受けないようにしている会社があるからです。このようなアポイントのない訪問を、ビジネスでは「飛び込み」と言います。突然知らない会社を訪問するのは、プールの高い台からジャンプをして水の中に飛び込む時の気持ちと似ているからかもしれません。実際に「飛び込み」をしている営業の人は多いそうです。また、営業成績がいい人ほど、たくさん「飛び込み」をしているそうです。あなたの国ではどうでしょうか。

訪問する
ほうもん

他社を訪問した時には、受付でのあいさつや、相手に会った時、帰る時のあ
いさつが大切です。この課では、相手にいい印象を与えるための訪問のし
かたを勉強します。

クイズ

Aさんは他社を訪問して、名刺交換をしました。受け取った名刺はどうしたらいいですか。
a〜cから適当なものを選んでください。

a.　Aさん

b.

c.

受付で取り次ぎを頼む

・私、〔社名〕の〔名前〕と申しますが、〔相手の部署〕の〔相手の名前〕様に

お取り次ぎいただきたいんですが。

お目にかかりたいんですが。

ご連絡いただけますか。

お約束をいただいているんですが。

例）私、ＡＢＣカンパニーの中野と申しますが、総務部の吉田様にお取り次ぎい

ただきたいんですが。

・〔時間〕にお約束をいただいております。

例）11時にお約束をいただいております。

名刺を受け取る

・ちょうだいいたします。

・失礼ですが、お名前は何とお読みするんですか。

辞去する

・今後も今まで同様／今後とも　よろしくお願いいたします。

訪問する側

・本日はお忙しいところお時間をとっていただいてありがとうございました。
・すっかり長居をいたしまして申し訳ございません。
・本日はこれで失礼させていただきます。

訪問される側

・本日はわざわざおいでいただきましてありがとうございました。

・お忙しいところお引き止めいたしまして…。

▌参考▐　こちらで失礼させていただきます。

ことば

談話1　と￢りつぎ　取り次ぎ
　　　　と￢りつ￢ぐ　取り次ぐ

談話3　じ￢きょ（する）　辞去（する）
　　　　じ￢かんを　さ￢く　時間をさく
　　　　ど￢うか
　　　　き￢　機
　　　　つ￢きあ￢い

会話1　ら￢いかんしゃしょう
　　　　　　　来館者証
　　　　み￢ぎて￢　右手
　　　　イ￢ンタ￢ーホン

会話2　め￢んかい（する）　面会（する）
　　　　ま￢っ￢たく　全く
　　　　ニュ￢アンス
　　　　な￢が￢いを　す￢る　長居をする
　　　　ひ￢きとめ￢る　引き止める
　　　　わ￢ざわざ

練習1　つ￢いかちゅ￢うもん　追加注文
　　　　け￢いやく　契約
　　　　じょ￢うけ￢ん　条件

練習2　ず￢めん　図面
　　　　ど￢うき　同期
　　　　〜い￢らい　〜以来
　　　　ラ￢イバル

まずい

か￢ぶ　株

お￢おぞん（する）　大損（する）

ボ￢ーっとする

り￢かい（する）　理解（する）

き￢ち￢んと

う￢りあげ￢だか　売上高

の￢び￢る　伸びる

へ￢んぴん　返品

練習3　せ￢んもんしょ　専門書
　　　　セ￢ミナー
　　　　こ￢うし　講師
　　　　に￢ちじょうか￢いわ　日常会話
　　　　つ￢よい　強い
　　　　ホ￢ームペ￢ージ
　　　　ち￢しき　知識
　　　　ぎょ￢うむほ￢うこく　業務報告
　　　　ビ￢ジネスレ￢ター
　　　　ふ￢じゆう　不自由
　　　　と￢くいさき　得意先
　　　　ま￢かせ￢る　任せる

1　取り次ぎを頼む

> A：いらっしゃいませ。
>
> B：私、ＡＢＣカンパニーの中野と申しますが、総務部の吉田様に　お取り次ぎいただきたいんですが　。
>
> A：かしこまりました。

例）お取り次ぎいただきたいんですが

1）お目にかかりたいんですが

2）ご連絡いただけますか

3）取り次いでいただけますでしょうか

4）お約束をいただいているんですが

2　名前の読み方を聞く 54

> A：ＡＢＣカンパニーの　①中野　と申します。よろしくお願いいたします。
>
> B：ちょうだいいたします。①中野　様、失礼ですが、お名前は何とお読みするんですか。
>
> A：②武　と読むんです。
>
> B：ああ、②武　さんですか。

例）① 中野　　② 武

1）① 江藤　　② 明

2）① 田中　　② 深雪

3）① 長井　　② 次郎

4）① 木村　　② 拓哉

3　辞去する ●55

> A：本日はお忙しいところ　①お時間をとって　いただいてありがとうございました。
> ②今後も今まで同様　、よろしくお願いいたします。
> B：こちらこそ、よろしくお願いいたします。

◆①は＿＿＿に合う形に変えてください。

例）① お時間をとる　　　　　② 今後も今まで同様

1）① 私 どものためにお時間をさく　② 今後とも

2）① 新製品を見る　　　　　② どうかご検討のほど

3）① 私 どもの話を聞く　　　② いろいろお世話になると思いますが

4）① お時間を作る　　　　　② これを機に今後ともおつきあいを

1　受付で取り次ぎを頼む
うけつけ　と　つ　たの

〈東京商事受付で〉
とうきょうしょうじ　うけつけ

受付　いらっしゃいませ。
うけつけ

中野　私、ＡＢＣカンパニーの中野と申しますが、
なかの　わたくし　　　　　　　なかの　もう
　　　総務部の吉田様にお取り次ぎいただきたい
　　　そうむぶ　よしださま　　と　つ
　　　んですが。

受付　失礼ですが、お約束がございますか。
うけつけ　しつれい　　　　　やくそく

中野　ええ、11時にお約束をいただいております。
なかの　　　じ　　やくそく

受付　かしこまりました。それでは、恐れ入りま
うけつけ　　　　　　　　　　おそ　い
　　　すが、こちらに御社名とお名前をいただけ
　　　　　　おんしゃめい　なまえ
　　　ますでしょうか。

　　　では、こちらが来館者証でございますので、
　　　らいかんしゃしょう
　　　お付けになって11階へいらっしゃってく
　　　つ　　　　　かい
　　　ださい。

中野　はい。
なかの

受付　エレベーターホール右手のインターホンで
うけつけ　　　　　　　　みぎて
　　　４３７とお押しいただきますと、吉田が参ります。
　　　　　お　　　　　　　よしだ　まい

中野　４３７ですね。わかりました。ありがとうございました。
なかの

中野：ＡＢＣカンパニー
なかの

オリガ・モロゾバ：ＡＢＣカンパニー

吉田：東京商事
よしだ　とうきょうしょうじ

中野 なかの	今月より御社を担当させていただくこ こんげつ　　おんしゃ　たんとう とになりましたモロゾバをご紹介させ しょうかい ていただきます。
オリガ	はじめまして。モロゾバと申します。（名 もう　　　　　　めい 刺を渡す）精いっぱいがんばりますので、 し　わた　せい よろしくお願いいたします。 ねが
吉田 よしだ	ちょうだいいたします。私、総務部の吉 わたくし　そうむぶ　よし 田と申します。（名刺を渡す）よろしく だ　もう　　めいし　わた お願いいたします。モロゾバさん、お国 ねが　　　　　　　　　　　　　　くに はどちらですか。
オリガ	ロシアです。
吉田 よしだ	日本語、お上手ですね。 にほんご　じょうず
中野 なかの	仕事の上でも、全く問題ありません。 しごと　うえ　　まった　もんだい
オリガ	いえ、日本語の細かいニュアンスまで にほんご　こま は、なかなか…。
吉田 よしだ	いやいや、大したものですよ。これから たい いろいろおつきあいいただくことになる と思いますので、どうぞよろしく。 おも
オリガ	こちらこそ、よろしくお願いいたします。 ねが

8
訪問する

中野　本日はこれで失礼させていただきます。すっかり長居をいたしまして…。

吉田　いえ、こちらこそ、お忙しいところお引き止めいたしまして…。

オリガ　お時間をとっていただきまして誠にありがとうございました。

吉田　わざわざごあいさつにおいでいただいてありがとうございました。

中野　とんでもないです。今後も今まで同様、どうぞよろしくお願いいたします。

吉田　こちらこそ、よろしく。

1 **A：**

（X社社員）
しゃしゃいん

Y社の総務部のCさんと会うためにY社を訪問しました。
しゃ そう む ぶ　　　　　　あ　　　　　　しゃ ほうもん

Y社の受付であいさつをしてください。
しゃ うけつけ

B：

（Y社社員）
しゃしゃいん

受付にお客さんが来ます。
うけつけ　きゃく　　　き

来館者証を渡して、どこへ行ったらいいか
らいかんしゃしょう　わた　　　　　　　　　　い

伝えてください。
つた

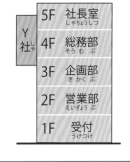

Y社		
	5F	社長室 しゃちょうしつ
	4F	総務部 そう む ぶ
	3F	企画部 き かく ぶ
	2F	営業部 えいぎょう ぶ
	1F	受付 うけつけ

8
訪問する

2　**A**：

（X社社員）
しゃしゃいん

あなたは、新しく担当になったY社を訪問しました。Y社のBさんに
　　　　　あたら　たんとう　　　　　　　しゃ　ほうもん　　　　　　しゃ

名刺を渡して、あいさつをしてください。
めいし　わた

B：

（Y社社員）
しゃしゃいん

X社から新しくあなたの会社の担当になったAさんが来ました。
しゃ　あたら　　　　　かいしゃ　たんとう　　　　　　　　　　き

あいさつをしてください。

1　お／ご～いただく

Aさんは B さんにていねいに言ってください。言葉を＿＿＿＿に合う形にしてください。

例1）A：インターホンで営業部に＿ご連絡いただく＿と
　　　　吉田が参ります。
　　　B：わかりました。ありがとうございました。

（連絡する）

例2）A：追加注文をしたいのですが、今週中に＿お届け
　　　　いただけ＿ますか。
　　　B：かしこまりました。

（届ける）

1）A：契約の条件について＿＿＿＿＿＿＿＿＿＿＿＿ばと
　　　思います。
　　B：わかりました。では、2、3日中にご連絡いたし
　　　ます。

（検討する）

2）A：ファクスかメールで＿＿＿＿＿＿＿＿＿＿＿ばけっ
　　　こうです。
　　B：わかりました。では、メールで送らせていただき
　　　ます。

（注文する）

8
訪問する

3）A：御社の新製品のパンフレットを＿＿＿＿＿＿＿＿
　　　　　　おんしゃ　しんせいひん
　　　＿＿＿＿＿たいんですが。

　　B：承知いたしました。
　　　　しょうち

（送る）
　おく

4）A：恐れ入りますが、こちらで少々＿＿＿＿＿＿＿＿
　　　　おそ　い　　　　　　　　　しょうしょう
　　　＿＿＿＿＿ますか。

　　B：はい、わかりました。

（待つ）
　ま

5）A：合同セミナーのスケジュールをお送りしますので、
　　　　ごうどう　　　　　　　　　　　　　　おく
　　　＿＿＿＿＿＿＿＿＿＿＿＿＿＿＿たいと思いまして。
　　　　　　　　　　　　　　　　　　　　　おも

　　B：はい、わかりました。

（確認する）
　かくにん

2　～の上では

Ｂさんは Ａさんの話を聞いて、返事をします。□の中から＿＿＿＿に合うものを選んで「～の上では」の形を使って答えてください。

例）Ａ：今度の新しい事務所は今より広いんですか。

　　Ｂ：＿＿図面の上では＿＿20㎡くらい狭いんですが、窓が大きいので、広く感じますよ。

1）Ａ：Ｂさんは、Ｃさんと同期だそうですね。

　　Ｂ：ええ。入社以来、＿＿＿＿＿＿＿＿＿いいライバルですよ。

2）Ａ：会社に勤めながら、ほかでアルバイトをするのはまずいですか。

　　Ｂ：＿＿＿＿＿＿＿＿＿決められていないけれど、やらないほうがいいと思うよ。

3）Ａ：Ｃさん、株で大損したらしいです。仕事もしないでボーっとしているんですよ。

　　Ｂ：＿＿＿＿＿＿＿＿＿理解できるけど、やっぱり仕事はきちんとやらなくてはね。

4）Ａ：売上高は、昨年と比べてだいぶ伸びていますね。

　　Ｂ：＿＿＿＿＿＿＿＿＿伸びているんですが、返品が５％くらいあるので、昨年とあまり変わらないと思います。

| 気持ち | 例）図面 | 仕事 | 数字 | 規則 |

8
訪問する

3 〜まではなかなか…。

Ｂさんはあさんの話を聞いて、＿＿＿＿に合う言葉を自分で考えて答えてください。

例）Ａ：Ｂさんはいつも日本語の本を読んでいますね。もう何でも読めるんですか。

　　Ｂ：いえ、＿＿専門書＿＿まではなかなか…。

1）Ａ：Ｂさんの日本語は日本人と変わりませんね。今度のセミナーの講師をお願いしようかな。

　　Ｂ：日常会話は大丈夫ですが、まだ＿＿＿＿＿＿＿＿＿＿＿＿＿＿＿＿までjust

　　Ｂ：日常会話は大丈夫ですが、まだ＿＿＿＿＿＿＿＿＿＿＿＿＿＿＿＿まではなかなか…。

2）Ａ：Ｂさんはパソコンに強いですね。ホームページも作れますか。

　　Ｂ：いえ、わたしの知識では＿＿＿＿＿＿＿＿＿＿＿＿＿＿＿＿まではなかなか…。

3）Ａ：毎日日本語で業務報告を書いているから、書く力がずいぶん伸びたね。もうビジネスレターも書けるでしょう。

　　Ｂ：いえ、まだ＿＿＿＿＿＿＿＿＿＿＿＿＿＿＿＿まではなかなか…。

4）Ａ：もう日本語は不自由ないでしょう。

　　Ｂ：いえ、まだ＿＿＿＿＿＿＿＿＿＿＿＿＿＿＿＿まではなかなか…。

5）Ａ：日本へ来てもう１年ですね。日本のビジネスのやり方にはもう慣れたでしょう。得意先を任せても大丈夫かな。

　　Ｂ：いえ、まだ＿＿＿＿＿＿＿＿＿＿＿＿＿＿＿＿まではなかなか…。

ビジネスコラム

訪問のマナー
ほうもん

　他社を訪問する時、どんなことに注意したらいいでしょうか。身だ
しなみは整っていますか。名刺はありますか。資料は持っていますか。
そして、建物に入る時のマナーは大丈夫でしょうか。企業へ行った時
でも、上司や友人の家へ行った時でも玄関に入る時は同じです。
　わたしたちは寒い季節にはコートを着ています。建物に入る前にしな
ければならないことは、コートを脱ぐことです。これは欧米では、「早
く中に入れてください」という意味になり、失礼になることがあるそう
です。しかし、日本では建物の中に入る前にコートを脱ぐのがマナーで
す。そして、ていねいな気持ちを表すことになります。ですから、ほ
とんどの人が寒い冬でもこのマナーを守っています。

30 小時
快速學習
職場日本語

巻末

会社で使うことば

敬語表

解答とスクリプト

索引

会社で使うことば
かいしゃ　つか

役職名
やくしょくめい

か「いちょう　会長

しゃ「ちょう　社長

ふ「くしゃ「ちょう　副社長

せ「んむ　専務

じょ「うむ　常務

か「んさやく　監査役

ほ「んぶ「ちょう　本部長

じ「ぎょうぶ「ちょう　事業部長

ぶ「ちょう　部長

じ「ちょう　次長

か「ちょう　課長

か「かり「ちょう　係長

しゅ「にん　主任

しゃ「いん　社員

部署名
ぶしょめい

〜ぶ　〜部

〜か　〜課

じ「ぎょう「ぶ　事業部

え「いぎょう「ぶ　営業部

そ「うむ「ぶ　総務部

じ「んじ「ぶ　人事部

け「いり「ぶ　経理部

か「いはつ「ぶ　開発部

き「かく「ぶ　企画部

会社の呼び方
かいしゃ　よ　かた

ほ「んしゃ　本社

し「しゃ　支社

と「うしゃ　当社

へ「いしゃ　弊社

お「んしゃ　御社

き「しゃ　貴社

しゃ「ない　社内

しゃ「がい　社外

じ「しゃ　自社

た「しゃ　他社

会社の人間関係
かいしゃ　にんげんかんけい

じょ「うし　上司

ど「うりょう　同僚

ぶ「か　部下

せ「んぱい　先輩

こ「うはい　後輩

132

敬語表
けいごひょう

特別な形の敬語
とくべつ　かたち　けいご

動詞 どうし	尊敬語（～さんは V） そんけいご	謙譲語（私は V） けんじょうご　わたくし	
		相手に関わる自分の動作 あいて　かか　じぶん　どうさ	丁重語 ていちょうご
いる	いらっしゃいます おいでになります		おります
行く い	いらっしゃいます おいでになります		参ります まい
来る く	いらっしゃいます おいでになります おこしになります 見えます み		参ります まい
訪問する ほうもん		伺います うかが おじゃまします	
質問する しつもん		伺います うかが	
聞く き		伺います うかが	
する	なさいます		いたします
食べる／飲む た　　　の	召し上がります め　あ		いただきます
見る み	ご覧になります らん	拝見します はいけん	
会う あ		お目にかかります め	
あげる		さしあげます	
もらう		いただきます	
くれる	くださいます		
寝る ね	お休みになります やす		
死ぬ し	お亡くなりになります な		
着る き	お召しになります め		
言う い	おっしゃいます	申し上げます もう　あ	申します もう
持って行く／ も　　い 持って来る も　　く	お持ちになります も	お持ちします も	
知っている し	ご存じです ぞん	存じ上げております ぞん　あ	存じております ぞん

巻
末

敬語の形
けい ご かたち

		例 れい
尊敬語 そんけい ご	～れる／～られる	読まれます／出られます よ で
	お～になる／ご～になる	お出かけになります／ご見学になります で けん がく
謙譲語 けんじょう ご	お～する／ご～する	お持ちします／ご紹介します も しょうかい
	お～いたす／ご～いたす	お持ちいたします／ご紹介いたします も しょうかい
	～（さ）せていただきます	失礼させていただきます しつれい

解答とスクリプト
かいとう

1 紹介する
しょうかい

クイズ

1番…上司を X 社部長（他社の人）に紹介する
ばん　じょうし　しゃぶちょう　たしゃ　ひと　しょうかい

2番…X 社部長（他社の人）を上司に紹介する
ばん　しゃぶちょう　たしゃ　ひと　じょうし　しょうかい

談 話

2 1）① 新製品の企画を担当させていただきます
　　　しんせいひん　きかく　たんとう
　2）① この地区を担当させていただいております
　　　　ちく　たんとう
　3）① 市場調査を担当させていただいております
　　　　しじょうちょうさ　たんとう
3 1）② いろいろ助けて
　　　　たす
　2）② いつも貴重な情報を教えて
　　　　きちょう　じょうほう　おし
　3）② いいアドバイスをして

練 習

1 〔A〕 1）A：ご存じですか
　　　　　　ぞん
　　　　　B：存じません
　　　　　　ぞん
　　　2）A：なさいますか
　　　　　B：いたします
　　　3）A：いらっしゃいますか／おいでになりますか
　　　　　B：おります
　　　4）A：いらっしゃいますか／おいでになりますか／おこしになりますか／
　　　　　　お見えになりますか
　　　　　　　み
　　　　　B：伺います／おじゃまします
　　　　　　うかが
　　　5）A：拝見してもよろしいですか
　　　　　　はいけん
　　　　　B：ご覧ください／ご覧になってください
　　　　　　　らん　　　　　　　らん

〔B〕 1）A：戻られました　　　B：お戻りになりました
　　 2）A：読まれました　　　B：お読みになりました
　　 3）A：会われました　　　B：お会いになりました
　　 4）A：帰られました　　　B：お帰りになりました
　　 5）A：決められました　　B：お決めになりました
〔C〕 1）おとりします　　 2）お調べします　　　 3）お持ちします
　　 4）ご説明します　　 5）お送りします
2　1）待たせていただきます　　 2）使わせていただきます
　　3）拝見させていただきます　 4）失礼させていただきます
　　5）着させていただきます

2　あいさつをする

クイズ

1）e　　 2）d　　 3）b　　 4）f　　 5）c　　 6）a　　 7）h　　 8）g

談話

1　1）① きのうは早退して　　 2）① 2週間も夏休みをいただいて
　　3）① 10日も帰国して
3　1）③ アメリカへいらっしゃる／おいでになる
　　2）③ 部長になられる／おなりになる
　　3）③ 東京大学に入られた／お入りになった

練習

1　1）お金がかかる　　　　 2）大した
　　3）体がつづく　　　　　 4）便利な
2　1）天気（が）天気　　　 2）値段（が）値段
　　3）時期（が）時期　　　 4）場所（が）場所

3 電話をかける・受ける

クイズ

1）山田商事・山田
やまだしょうじ　やまだ

2）ワールドトラベル・鈴木
すずき

3）青空大学・坂本
あおぞらだいがく　さかもと

4）03 － 4602 － 6890

5）0475 － 423 － 8168

6）03 － 3325 － 6099

スクリプト 15

例1）A：失礼ですが、どちら様ですか。
れい　　しつれい　　　　　　　　　　さま

B：さくら貿易の山崎と申します。
ぼうえき　やまざき　もう

1）A：失礼ですが、どちら様ですか。
しつれい　　　　　　　　　　さま

B：山田商事の山田と申します。
やまだしょうじ　やまだ　もう

2）A：失礼ですが、どちら様ですか。
しつれい　　　　　　　　　　さま

B：ワールドトラベルの鈴木と申します。
すずき　もう

3）A：失礼ですが、どちら様ですか。
しつれい　　　　　　　　　　さま

B：青空大学の坂本と申します。
あおぞらだいがく　さかもと　もう

例2）A：恐れ入りますが、そちら様のお電話番号を教えていただけますか。
れい　　おそ　い　　　　　　　さま　　でんわばんごう　おし

B：052 － 558 － 6473 です。

4）A：恐れ入りますが、そちら様のお電話番号を教えていただけますか。
おそ　い　　　　　　　さま　　でんわばんごう　おし

B：03 － 4602 － 6890 です。

5）A：恐れ入りますが、そちら様のお電話番号を教えていただけますか。
おそ　い　　　　　　　さま　　でんわばんごう　おし

B：0475 － 423 － 8168 です。

6）A：恐れ入りますが、そちら様のお電話番号を教えていただけますか。
おそ　い　　　　　　　さま　　でんわばんごう　おし

B：03 － 3325 － 6099 です。

巻末

1　1）工場からサンプルが届きましたら、すぐお送りいたします

　　2）このメールを打ち終わりましたら、そちらをお手伝いいたします

　　3）商品が入荷しましたら、ご連絡いたします

　　4）会議の日時や場所が決まりましたら、すぐメールでお知らせいたします

3　1）ここにお名前を書いていただけますでしょうか

　　2）お約束のお時間を2時から3時にしていただけますでしょうか

　　3）今日中に見積もりを送っていただけますでしょうか

　　4）何か書くものを貸していただけますでしょうか

4　注意をする・注意を受ける

1　Ⓐ ダニー　　Ⓑ 客　　Ⓒ 上司

2　Ⓐ 社長　　Ⓑ 課長　　Ⓒ ダニー　　Ⓓ 先輩

3　1）② 確認してお電話いたします

　　2）② お取り替えいたします

　　3）② 担当の者からご連絡いたします

1　1）注意する必要がありますね　　2）改良の必要がありますね

　　3）話し合いの必要がありますね　　4）無駄な出費をなくす必要がありますね

2　1）すぐご連絡いたします　　2）至急お送りいたします

　　3）すぐ応接室にご案内いたします　　4）すぐお取り替えいたします

3　1）a　必要ではない残業を減らせ
　　　　　　ひつよう　　　　　ざんぎょう　へ
　　2）c　広告費を使って大々的に宣伝すれ
　　　　　　こうこくひ　つか　　だいだいてき　せんでん
　　3）b　仕事の優先順位を決めれ
　　　　　　しごと　ゆうせんじゅんい　き
　　4）d　具体的な数字を示せ
　　　　　　ぐたいてき　すうじ　しめ

5　頼む・断る
　　　たの　ことわ

1）3　　2）1　　3）2

スクリプト　28

1）A（上司）：イー君、午後の会議に出席してもらえないかなあ。
　　　じょうし　　　　くん　ごご　かいぎ　しゅっせき
　　B（部下）：1．忙しいから、無理です。
　　　ぶか　　　　　いそが　　　　むり
　　　　　　　　2．午後はA社へ行くから、だめです。
　　　　　　　　　　ごご　　しゃ　い
　　　　　　　　3．すみません。午後はA社へ行くことになっておりまして…。
　　　　　　　　　　　　　　　　ごご　　しゃ　い

2）A（上司）：イーさん、今度の新製品開発のリーダーをやってくれませんか。
　　　じょうし　　　　　　こんど　しんせいひんかいはつ
　　B（部下）：1．申し訳ございません。ちょっと私には荷が重くて…。
　　　ぶか　　　　　もう　わけ　　　　　　　　　わたし　に　おも
　　　　　　　　2．ちょっとだめですね。
　　　　　　　　3．すみません。できません。

3）A社社員：明日2時のお約束を3時にしていただけないでしょうか。
　　　しゃしゃいん　あす　じ　　やくそく　じ
　　B社社員：1．無理ですね。予定が入っていて…。
　　　しゃしゃいん　むり　　　　　よてい　はい
　　　　　　　2．申し訳ございません。予定が入っていて…。
　　　　　　　　　もう　わけ　　　　　　　よてい　はい
　　　　　　　3．変えられません。予定が入っていて…。
　　　　　　　　　か　　　　　　　　よてい　はい

1　1）② この書類に印鑑を押して
　　　　　　 しょるい　いんかん　お

　　2）② この書類をチェックして
　　　　　　 しょるい

　　3）② 先日の件で先方の部長に連絡して
　　　　　　 せんじつ　けん　せんぽう　ぶちょう　れんらく

3　〔1〕1）① コピーして

　　　　　　 2）① 日本語に訳して
　　　　　　　　　 にほんご　やく

　　　　　　 3）① 資料を作って
　　　　　　　　　 しりょう　つく

　　　　　　 4）① 英語を教えて
　　　　　　　　　 えいご　おし

　　〔2〕1）子供の運動会な
　　　　　　　　 こども　うんどうかい

　　　　　　 2）国から母が来る
　　　　　　　　 くに　はは　く

　　　　　　 3）わたしのお見合いな
　　　　　　　　　　　　 みあ

　　　　　　 4）引っ越しな
　　　　　　　　 ひこ

4　1）① もうちょっと勉強して　　② 厳しい
　　　　　　　　　　 べんきょう　　　　　 きび

　　2）① あと少しまけて　　② 無理な
　　　　　　 すこ　　　　　　　 むり

　　3）① 10万円引いて　　② できそうにない
　　　　　　 まんえん　ひ

1　1）作っている　　2）できあがった　　3）行く
　　　 つく　　　　　　　　　　　　　　　　 い

　　4）読んでいる　　5）帰って来た
　　　 よ　　　　　　　　 かえ　き

2　1）b　X社からクレームの電話がかかってきたんです
　　　　　 しゃ　　　　　　　　　 でんわ

　　2）d　喫茶店でさぼっているところを見つかったんです
　　　　　 きっさてん　　　　　　　　　　　　　 み

　　3）a　病院へ検査に行くんです
　　　　　 びょういん　けんさ　い

　　4）c　明日までに見積書を5つ作らなければならないんです
　　　　　 あす　　　　　 みつもりしょ　　　 つく

3　1）ジョンさんに電話に出てもらってください
　　　　　　　　　　 でんわ　で

　　2）ジョンさんに翻訳してもらってください
　　　　　　　　　　 ほんやく

　　3）鈴木さんにお茶を応接室へ持って行ってもらってください
　　　 すずき　　　 ちゃ　おうせつしつ　も　い

　　4）ジョンさんに返信してもらってください
　　　　　　　　　　 へんしん

　　5）高橋さんに教えてもらってください
　　　 たかはし　おし

6 許可をもらう
きょか

例)	リム									
1)	リム	2)	リム	3)	キャメロン	4)	キャメロン	5)	リム
6)	キャメロン	7)	リム	8)	リム	9)	キャメロン	10)	リム

スクリプト 37

例）資料を見てもいいですか。
れい　しりょう　み

1）パソコンを使ってもいいですか。
つか

2）パソコンを使わせていただいてもいいですか。
つか

3）パソコンを使ってもいいですよ。
つか

4）メールを送ってもらってもいいですか。
おく

5）メールを送らせていただいてもいいですか。
おく

6）メールを送っていただいてもよろしいでしょうか。
おく

7）ここに置いてもかまいませんか。
お

8）ここに置かせていただきたいんですが。
お

9）ここに置いていただけませんか。
お

10）ここに置きたいんですが、よろしいでしょうか。
お

巻
末

141

1 〔1〕1）① 明日 11 時に出社し

② 9 時からさくら貿易で打ち合わせな

2）① 明日休み

② 母が入院する

3）① 今日外出先から直帰し

② さくら貿易での打ち合わせが 7 時ごろまでかかりそうな

4）① あしたから 1 週間有休をもらい

② 父が病気なので帰国したい

〔2〕1）① 6 階の会議室を使わせて

2）① A 会議室を使わせて

3）① ビジネスマナー指導者研修に参加させて

4）① 明日の営業会議に出席させて

2 1）御社のプロジェクターを使わせて　　2）企画書を送らせて

3）こちらで決めさせて　　　　　　　　4）在庫がないので、来週送らせて

1 1）メールを開いたら、ウイルスに感染してしまって

2）X 社から届いた商品を確認したら、壊れていて

3）新入社員に注意をしたら、泣き出してしまって

4）会議室へ行ったら、準備した資料が見当たらなくて

5）部長のところへ行ったら、ロンドンに転勤するように言われて

2 1）9 時までに出勤する

2）3 月と 6 月と 12 月にもらえる

3）11 日有休が取れる

4）毎年 1 回以上の健康診断を受ける

5）30 日前までに退職願いを上司に提出する

7 アポイントをとる

クイズ

	a. 誰と	b. いつ	c. どこで会う	d. 何をする
①	川田	今日の6時	1階のロビー	飲みに行く
②	部長	今日の5時半	第2応接室	話をする
③	江藤部長	明日の3時	部長室	あいさつをする

スクリプト 44

① 川田 ：ダニー君！

ダニー：あ、川田さん。

川田 ：今日、仕事の後飲みに行くんだけど、一緒にどう？

ダニー：ああ、いいね。行くよ。

川田 ：じゃ、6時に1階のロビーで。

ダニー：うん、わかった。

② ダニー：部長、今日お時間がありますか。実は、ちょっとお話ししたいことがありまして。

部長 ：ああ、ダニー君。今日ですか。うーん、2時からC社に行くんですが、5時ごろには戻る予定ですから、5時半からでもいいですか。

ダニー：はい、けっこうです。

部長 ：じゃあ、5時過ぎに一度電話を入れます。それから、第2応接室を取っておいてください。

③ ダニー ：江藤部長、オリエンタル商事のダニーでございます。一度、御社にごあいさつに伺わせていただきたいと思いまして…。

江藤部長：ああ、そうですか。いつでもけっこうですよ。

ダニー ：恐れ入ります。では、明日の3時ごろはいかがでしょうか。

江藤部長：けっこうです。では、直接部長室にいらしてください。

巻末

1 1）② ご相談 2）② ご相談
　そうだん 　そうだん
3）② お話 4）② ご報告
　はなし 　ほうこく
2 〔1〕1）ご意見を伺わせて 2）お話しさせて
　　　　　いけん　うかが 　　　　はな
3）ご説明させて 4）ご紹介させて
　せつめい 　しょうかい
4 1）② 緊急の会議が入ってしまいまして
　きんきゅう　かいぎ　はい
2）② 担当の者が体調を崩してしまいまして
　たんとう　もの　たいちょう　くず
3）② 一緒に伺わせていただく上司の都合が悪くなりまして
　いっしょ　うかが 　じょうし　つごう　わる

1 1）新しく御社を担当する者と一緒にごあいさつに伺わせて
　あたら　おんしゃ　たんとう　もの　いっしょ 　うかが
2）御社の工場を拝見させて
　おんしゃ　こうじょう　はいけん
3）弊社の販売計画をご説明させて
　へいしゃ　はんばいけいかく　せつめい
4）弊社の新製品についてご紹介させて
　へいしゃ　しんせいひん　しょうかい
2 1）ご提案いただいた 2）社員募集の 3）お願いした
　ていあん 　しゃいんぼしゅう 　ねが
4）見学させていただく 5）合同セミナーの
　けんがく 　ごうどう

8 訪問する
　ほうもん

a

3 1）① 私どものためにお時間をさいて 2）① 新製品を見て
　わたくし　じかん 　しんせいひん　み
3）① 私どもの話を聞いて 4）① お時間を作って
　わたくし　はなし　き 　じかん　つく

1　1）ご検討いただけれ　　　2）ご注文いただけれ　　　3）お送りいただき

　　4）お待ちいただけ　　　　5）ご確認いただき

2　1）仕事の上では　　　　　2）規則の上では　　　　　3）気持ちの上では

　　4）数字の上では

3　解答例

　　1）セミナーの講師　　　　2）ホームページ　　　　　3）ビジネスレター

　　4）お客様との改まった話　5）複雑なビジネスの交渉

索引
さく いん

巻
末

147

巻末

わ

巻
末

30小時快速學習

職場日本語

ことば

中国語・英語

1 紹介する
しょうかい

談 話 1

めいわく　迷惑	麻煩	nuisance
しどう(する)　指導(する)	指教	guide
てんきん(する)　転勤(する)	調職	transfer
けんしゅう　研修	培訓	training
はいぞく　配属	分配	assignment, posting
みょうじ　名字	姓氏	surname
たんとう(する)　担当(する)	負責	be in charge of
プロジェクト	計畫	project
チーム	小組	team
くわわる　加わる	加入	join

談 話 2

せわ　世話	關照	be assigned to
しんせいひん　新製品	新產品	new product
きかく　企画	企劃	planning
ちく　地区	地區	area
しじょうちょうさ　市場調査	市場調査	market research

談 話 3

たすける　助ける	幫助	help
ひきたてる　引き立てる	關照	support
きちょう　貴重	貴重	valuable
じょうほう　情報	資訊	information
もうしわけない　申し訳ない	抱歉	sorry
アドバイス	建議	advice

会 話 1

にゅうしゃ（する）　入社（する）	進入公司	join a company
このたび	這次	this time
ゆうしゅう　優秀	優秀	excellent
せいせき　成績	成績	result
わがしゃ　わが社	本公司	our company
ごうかく（する）　合格（する）	考上、及格	pass
とんでもないです	哪裡哪裡、沒這回事	Far from it.
～づとめ　～勤め	在～工作	working for ～
とまどう　戸惑う	困惑	be bewildered

会 話 2

こうたい　交代	交替、替換	replacement
じつは　実は	其實	actually
こうにん　後任	繼任	successor
もの　者	者	person
おそれいります　恐れ入ります	不敢當	It is very kind of you.
どうよう　同様	一樣	the same as
めいし　名刺	名片	business card
せいいっぱい　精いっぱい	盡全力	with all one's effort

会 話 3

うち	本公司、我方	our side
はんとし　半年	半年	half a year
～ちかく　～近く	將近～	nearly ～
こんごとも　今後とも	今後（也）	from this time on

練 習 1

けいご　敬語	敬語	honorifics

しつれいですが　失礼ですが	不好意思	excuse me
～しゃ　～社	～公司	～ corporation
ほうもん(する)　訪問(する)	拜訪	visit
しょるい　書類	文件	documents
レポート	報告	report
けんしゅうせい　研修生	研修生	trainee
かいがい　海外	國外	overseas
しゅっちょう(する)　出張(する)	出差	(go on a) business trip
スケジュール	行程	schedule
ホテルをとる	訂飯店	reserve a hotel
しんかんせん　新幹線	新幹線	bullet train
きかくしょ　企画書	企劃書	proposal
ないよう　内容	內容	contents
くわしい　詳しい	詳細的	detailed
しりょう　資料	資料	data
ファクス	傳真	fax

練習2

こくない　国内	國內	domestic
いちらん　一覧	一覽	list

2　あいさつをする

談話1

そうたい(する)　早退(する)	早退	leave early
おかげさまで	託您的福	thanks to
きこく(する)　帰国(する)	回國	return to one's country
けっこんしき　結婚式	婚禮	wedding ceremony
ぶじ　無事	順利	smoothly

談話 2

ごぶさた	久未拜訪	long out of touch
なんとか	還好	not bad, I guess

談話 3

たんじょう　誕生	誕生	birth
えいてん　栄転	升遷	promotion
しょうしん　昇進	晉升	promotion

談話 4

やめる　辞める	辭職	quit
たいしょく(する)　退職(する)	退休	resign, retire/resignation, retirement
いどう(する)　異動(する)	調動	transfer

会話 1

インフルエンザ	流行性感冒	flu
おなかにくる	(因感冒引起的)腹瀉	affect one's stomach
ひどいめにあう　ひどい目にあう	慘兮兮	feel very bad
バリバリやる	賣力地工作	work like a horse
たまる	積壓	pile up

会話 2

じき　時期	時期	time
さっする　察する	察覺	guess
ひとつよろしくたのみます ひとつよろしく頼みます	請多關照	I would appreciate your full support.

まる～ねん　まる～年	～年整	～ whole years
きをつける　気をつける	注意	take care

練習1

よさん　予算	預算	budget
ずいぶん	相當	considerably
だいがくいん　大学院	研究所	graduate school
たいした　大した	了不起	impressive
からだがつづく　体がつづく	身體還挺得住	have enough stamina

練習2

らいてん　来店	光臨本店、光顧	coming to our shop
のみや　飲み屋	小酒館	bar
きゅう　急	突然	urgent
やちん　家賃	房租	(house) rent
ねだん　値段	價格	price

3　電話をかける・受ける
でん　わ　　　　　　　　う

談話1

ふざい　不在	不在	absence
ただいま	現在	right now
せきをはずす　席をはずす	離開座位	be not at one's desk
でんごん　伝言	轉告	message
かしこまりました	知道了 (自謙語)	Certainly.
がいしゅつ　外出	外出	going out
～ちゅう　～中	正在～	in the middle of ～

のちほど　後ほど	過一會兒、等一下	afterwards
でんわにでる　電話に出る	接電話	answer the phone
しょくじにでる　食事に出る	出去吃飯	go out for a meal
でんわがある　電話がある	有來電	have a call

談話2

へんこう(する)　変更(する)	變更	change
しょうち(する)　承知(する)	知道	understand
パンフレット	小冊子、簡介	brochure
～ぶ　～部	～份	～ copy
せんじつ　先日	上次	the other day
けん　件	事情	matter
みつもり　見積もり	估價	estimate
しきゅう　至急	趕快、盡速	as soon as possible
おりかえし　折り返し	立刻	immediately

談話3

かくにん(する)　確認(する)	確認	make sure
ねんのため　念のため	慎重起見	just to make sure
ふくしょう(する)　復唱(する)	複誦	repeat
くりかえす　繰り返す	重複	repeat

談話4

あいて　相手	對方	the other person
しゃめい　社名	公司名稱	company name
ききかえす　聞き返す	再問一遍	ask again
しつれいしました　失礼しました	抱歉、對不起	I am sorry.

会話1

| でんごんをうける　伝言を受ける | 答應幫忙轉告 | receive a message |

| しょうしょう　少々 | 稍微 | a little while |

うちあわせ　打ち合わせ	商量	meeting
ほうこく（する）　報告（する）	報告	report
サンプル	樣品	sample
しょうひん　商品	商品	goods
にゅうか（する）　入荷（する）	進貨	arrive
にちじ　日時	日期和時間	date and time

| らいきゃく　来客 | 訪客 | visitor |

4　注意をする・注意を受ける

おじぎ	鞠躬	bow
ふかい　深い	深深的	deep
おきゃくさま　お客様	顧客、客戶	client
あしをくむ　足を組む	翹二郎腿	cross one's legs
じみ　地味	樸素的	conservative

えんきょくてき　婉曲的	委婉的	euphemistic
コスト	成本	cost
みなおす　見直す	重新（研究）	look over again

きづく　気づく	注意到	notice
めにつく　目につく	顯眼	attract someone's attention
ほうこくしょ　報告書	報告書	report
ちょうさ　調査	調査	inquiry
けっか　結果	結果	result
グラフ	圖表	graph
ヘアスタイル	髮型	hairstyle
むく　向く	適合	suit, be suitable

談話 3

くじょう　苦情	抱怨	complain
みほん　見本	樣品	sample
とどく　届く	收到	arrive
せいきゅうしょ　請求書	請款單	invoice
はっちゅうしょ　発注書	訂單	purchase order
のうひん(する)　納品(する)	交貨	deliver
さくじつ　昨日	昨天	yesterday

会話 1

うなずく	點頭	nod
あいづちをうつ　あいづちを打つ	幫腔、適度給反應	make brief responses while listening
ごうにいってはごうにしたがえ　郷に入っては郷に従え	入境隨俗	When in Rome, do as the Romans do
ちゅうこく　忠告	忠告	advice

会話 2

さくせい　作成	製作	preparation

会話 3

てはい　手配	準備	arrangement
まことに　誠に	實在	really

練習1

ちこく　遅刻	遲到	being late
ひょうばん　評判	評價	reputation
かいりょう　改良	改良	improvement
ふまん　不満	不滿	complaint
はなしあい　話し合い	商議、討論	talks, discussion
けいひ　経費	經費	costs
むだ　無駄	浪費	unnecessary
しゅっぴ　出費	開支	expense

練習2

みつもりしょ　見積書	估價單	written estimate
プリンター	印表機	printer
せつめいしょ　説明書	説明書	manual
おうせつしつ　応接室	接待室	reception room
はっちゅうひん　発注品	訂購商品	ordered item
かたばん　型番	型號	model number

練習3

さくげん(する)　削減(する)	削減	cut
ふきゅう(する)　普及(する)	普及	become popular
こうりつ　効率	效率	efficiency
なっとく(する)　納得(する)	信服、同意	understand
ざんぎょう　残業	加班	overtime work
ゆうせんじゅんい　優先順位	優先順序	priority order
こうこくひ　広告費	廣告費	advertising cost
だいだいてきに　大々的に	大大地	on a large scale
せんでん(する)　宣伝(する)	宣傳	advertise
ぐたいてき　具体的	具體的	specific
すうじ　数字	數字	figures
しめす　示す	出示	show

5 頼む・断る
たの　　ことわ

いらい（する）　依頼（する）	委託	ask
めをとおす　目を通す	過目	look over
いんかん　印鑑	印章	personal seal
チェック（する）	核對	check
せんぽう　先方	對方	the other party

談 話 2

うりあげ　売り上げ	銷售額	sales
データ	數據、資料	data
さくねんど　昨年度	上一年度	last year
けっさん　決算	決算	account settlement
ファイル	資料夾	file

談 話 3

ことわる　断る	回拒	decline
やくす　訳す	翻譯	translate
しめきり	截止	deadline
いそぎ　急ぎ	急迫	urgent
しゅっしゃ（する）　出社（する）	上班	come to the office
ゆうじん　友人	朋友	friend
みあい　見合い	相親	meeting with a view to marriage

談 話 4

こうしょう　交渉	交渉	negotiation
べんきょう（する）　勉強（する）	便宜出售	reduce the price
まける	減價	cut the price

かんゆう　勧誘	勧説、邀請	solicitation
おとく　お得	划算	beneficial, economical
ほけん　保険	保險	insurance
プラン	計畫	plan
てがはなせない　手が離せない	騰不出手	busy

練 習 1

| できあがる | 做好了 | finish |

練 習 2

しゅっきん（する）　出勤（する）	上班	go to work
にゅうりょく（する）　入力（する）	輸入	input
トラブル	糾紛、故障	trouble
けんさ　検査	檢查	checkup
クレーム	索賠	complaint
さぼる	偷懶	idle about

練 習 3

しじ　指示	指示	instruction
といあわせ　問い合わせ	詢問	inquiry
でんわがはいる　電話が入る	來電	have a call
へんしん（する）　返信（する）	回信	reply
パワーポイント	投影片 (PPT)	PowerPoint

6 許可をもらう

談話 1

きょか　許可	許可	permission
もとめる　求める	請求	ask
ずつうがする　頭痛がする	頭痛	have a headache
がいしゅつさき　外出先	外出地點	the placc where one is going to
ちょっき(する)　直帰(する)	直接回家	return home directly
～ごろ	～左右	around ～
ゆうきゅう　有休	有薪休假、年假	paid holiday
しゃようしゃ　社用車	公司的車	company car
こうつうのべん　交通の便	交通方便程度	access, transportation convenience
しゅっせきしゃ　出席者	出席者	participant
ビジネスマナー	商務禮儀	business manner
しどうしゃ　指導者	指導員	leader
さんか(する)　参加(する)	参加	participate
しんじん　新人	新人	newcomer
こうかてき　効果的	有效的	effective
しどうほう　指導法	指導方法	way of instructing
デザイン	設計	design

談話 2

てもと　手元	手邊	at hand
ごうどうセミナー　合同セミナー	聯合研討會	joint seminar
プロジェクター	投影機	projector
ていあん(する)　提案(する)	提案	suggest
じかい　次回	下次	next time
ミーティング	會議	meeting
ざいこ　在庫	庫存	stock

ねつっぽい　熱っぽい	（感到）發燒	feverish
はかる　測る	測量	take
～ど～ぶ　～度～分	～度	～ degree(s)

| かなり | 相當 | quite |
| とおまわり　遠回り | 繞道 | detour |

| てんじかい　展示会 | 展示會、展覽 | exhibition |

ウイルス	病毒	virus
かんせん（する）　感染（する）	感染、中（電腦病毒）	be infected
しんにゅうしゃいん　新入社員	新進員工	new employee
なきだす　泣き出す	哭起來	begin to cry
みあたらない　見当たらない	找不到	be missing

きそく　規則	規則	regulation
きんむじかん　勤務時間	上班時間	working hours
たいしょくねがい　退職願い	辭呈	letter of resignation
ていしゅつ（する）　提出（する）	提出	hand in
ゆうきゅうきゅうか　有給休暇	有薪休假、年假	paid holiday
けんこうかんり　健康管理	健康管理	healthcare
きゅうよ　給与	薪水、工資	salary
しきゅう（する）　支給（する）	支付	pay
ボーナス	獎金	bonus

| きゅうりょう　給料 | 薪水、工資 | salary |

7　アポイントをとる

談 話 1

アポイントをとる	預約	make an appointment
こうこくせんりゃく　広告戦略	廣告策略	advertising scheme/strategy
りょひ　旅費	旅費	traveling expenses
はんばい　販売	販賣、銷售	sale

談 話 2

はつばい(する)　発売(する)	發售	sell
ほんじつ　本日	本日、今天	today
みょうごにち　明後日	後天	the day after tomorrow

談 話 3

めんしきがある　面識がある	認識	be acquainted with
さっそく　早速	立即	to get to the point right way
わたくしども　私ども	我們 (自謙語)	we
ちかいうち　近いうち	最近幾天內	soon
かいせつ　開設	開設	opening
きんじつちゅう　近日中	近期內	in a few days
しんき　新規	新	new, start-up
じぎょう　事業	事業	business
とりひき　取引	買賣	transaction
ちかぢか　近々	最近幾天內	in a short while

談 話 4

| こうはん　後半 | 後半 | the latter half |

きんきゅう　緊急	緊急	urgent
かいぎがはいる　会議が入る	已預定會議	have a meeting
たいちょうをくずす　体調を崩す	身體累垮了	become sick

会話 1

| しりあい　知り合い | 認識的人 | acquaintance |

会話 2

アポ	預約	appointment
どうこう（する）　同行（する）	同行	accompany
よていがはいる　予定が入る	已有安排	have an appointment
じかんをとる　時間をとる	抽出時間	spare time

会話 3

| かって　勝手 | 只考慮自己方便 | for one's convenience |

練 習 1

| ようけん　用件 | 事情 | business |

練 習 2

あらためる　改める	改變	change
けっこうです	可以	Sure.
けんとう（する）　検討（する）	研究討論	consideration/consider
ぼしゅう　募集	招募	recruitment

8 訪問する
ほうもん

談 話 1

| とりつぎ　取り次ぎ | 傳達 | giving a person's name |
| とりつぐ　取り次ぐ | 傳達 | tell a person a visitor is here to see him/her |

談 話 3

じきょ（する）　辞去（する）	告辭	leave
じかんをさく　時間をさく	騰出時間	spare time
どうか	請	please
き　機	機會	opportunity
つきあい	往來	keeping company

会 話 1

らいかんしゃしょう　来館者証	來賓證	visitor's ID
みぎて　右手	右側	right
インターホン	對講機	intercom

会 話 2

めんかい（する）　面会（する）	會面、會見	see, meet
まったく　全く	完全地	at all
ニュアンス	語感、語氣	nuance
ながいをする　長居をする	久坐	stay too long
ひきとめる　引き止める	挽留	keep
わざわざ	特意	taking the trouble

練 習 1

| ついかちゅうもん　追加注文 | 追加訂貨 | additional order |

| けいやく　契約 | 合約 | contract |
| じょうけん　条件 | 條件 | condition |

練習2

ずめん　図面	設計圖、結構圖	plan
どうき　同期	同期	the same year
～いらい　～以来	從～至今	since ～
ライバル	競爭對手	rival
まずい	不太合適、不好	inappropriate
かぶ　株	股票	stock
おおぞん(する)　大損(する)	損失慘重	lose heavily
ボーっとする	發呆	be absentminded
りかい(する)　理解(する)	理解	understand
きちんと	好好地	properly
うりあげだか　売上高	銷售額	sales
のびる　伸びる	增加、成長	increase
へんぴん　返品	退貨	returned goods

練習3

せんもんしょ　専門書	專業書籍	technical book
セミナー	研討會	seminar
こうし　講師	講師	lecturer
にちじょうかいわ　日常会話	生活會話	daily conversation
つよい　強い	精通	be good at
ホームページ	網頁	homepage
ちしき　知識	知識	knowledge
ぎょうむほうこく　業務報告	業務報告	business report
ビジネスレター	商務信函	business letter
ふじゆう　不自由	不方便、有障礙	inconvenience
とくいさき　得意先	顧客、客戶	customer
まかせる　任せる	委託	entrust

会社で使うことば
かいしゃ　つか

役職名

かいちょう　会長	會長	chairman
しゃちょう　社長	總經理	president
ふくしゃちょう　副社長	副總經理	vice president
せんむ　専務	專務董事	scnior managing director
じょうむ　常務	常務董事	executive managing director
かんさやく　監査役	監察人、監察委員	auditor
ほんぶちょう　本部長	總部領導者	managing director
じぎょうぶちょう　事業部長	事業經理	division manager
ぶちょう　部長	經理	general manager
じちょう　次長	協理、副理	assistant general manager
かちょう　課長	課長、科長	manager
かかりちょう　係長	股長	assistant manager
しゅにん　主任	主任	supervisor
しゃいん　社員	職員	employee

部署名

～ぶ　～部	～部、～處	～ division
～か　～課	～課、～科	～ department
じぎょうぶ　事業部	事業部、事業處	project division
えいぎょうぶ　営業部	營業部、營業處	sales division
そうむぶ　総務部	總務部、總務處	general affairs division
じんじぶ　人事部	人事部、人事處	personnel division
けいりぶ　経理部	會計部、會計處	accounting division
かいはつぶ　開発部	研發部、研發處	development division
きかくぶ　企画部	企劃部、企劃處	planning division

会社の呼び方

ほんしゃ　本社	總公司	head office
ししゃ　支社	分公司	branch office
とうしゃ　当社	本公司	our company
へいしゃ　弊社	敝公司	our company
おんしゃ　御社	貴公司	your company
きしゃ　貴社	貴公司	your company
しゃない　社内	公司內部	in-house
しゃがい　社外	公司外部	outside
じしゃ　自社	我們公司	our company
たしゃ　他社	別人的公司	other companies

会社の人間関係

じょうし　上司	上司	boss
どうりょう　同僚	同事	colleague
ぶか　部下	部下	subordinate
せんぱい　先輩	前輩、先進	senior
こうはい　後輩	後輩、後進	junior

著者

宮崎道子

　元日米会話学院日本語研修所　所長

　元草苑インターカルト日本語学校ビジネス日本語研究所　所長

　執筆：『日本語でビジネス会話　初級編』（日米会話学院）

　共著：『Now You're Talking!　日本語 20 時間』（スリーエーネットワーク）

　監修：『人を動かす！実践ビジネス日本語会話』（スリーエーネットワーク）

　　　　『BJT ビジネス日本語能力テスト聴解・聴読解実力養成問題集』（スリーエーネットワーク）

　　　　『BJT ビジネス日本語能力テスト読解実力養成問題集』（スリーエーネットワーク）

郷司幸子

　元日米会話学院日本語研修所　講師

　現草苑インターカルト日本語学校ビジネス日本語研究所　講師

　執筆：『日本語でビジネス会話　中級編』（日米会話学院）

　共著：『Now You're Talking!　日本語 20 時間』（スリーエーネットワーク）

執筆協力者

坂本舞　佐々木隼人　松倉有紀　田鍋麻由子

本 書 嚴 禁 在 台 灣、 香 港、 澳 門 地 區 以 外 販 售 使 用。
本書の台湾・香港・マカオ地区以外での販売及び使用を厳重に禁止します。

本書原名 -「にほんごで働く！ビジネス日本語 30 時間」

30 小時快速學習職場日本語　　　　　　　（附有聲CD 1 片）

2009 年 (民 98) 7 月 1 日　第 1 版　第 1 刷　發行
2016 年 (民 105) 8 月 1 日　第 1 版　第 5 刷　發行

定價 新台幣：300 元整

著　　者　宮崎道子・郷司幸子
插　　圖　ますこひかり・中野サトミ
授　　權　株式会社スリーエーネットワーク
發 行 人　林 駿 煌
發 行 所　大新書局
地　　址　台北市大安區 (106) 瑞安街 256 巷 16 號
電　　話　(02)2707-3232 · 2707-3838 · 2755-2468
傳　　真　(02)2701-1633 · 郵 政 劃 撥：00173901
法律顧問　中新法律事務所　田俊賢律師

香港地區　香港聯合書刊物流有限公司
地　　址　香港新界大埔汀麗路36號 中華商務印刷大廈3字樓
電　　話　(852)2150-2100
傳　　真　(852)2810-4201

©2009 MIYAZAKI Michiko and GOSHI Sachiko
PUBLISHED WITH KIND PERMISSION OF 3A CORPORATION, TOKYO, JAPAN
「30 小時快速學習職場日本語」由 株式会社スリーエーネットワーク 3A Corporation 授權在台灣、香港、澳門印行銷售。
任何盜印版本，即屬違法。版權所有，翻印必究。 ISBN 978-986-6438-14-1 (B156)